黒の召喚士 18

歪なる愛

迷井豆腐

JN131205

OVERLAP

黒の召喚士

The Berserker Rises to Greatness.

登　場　人　物

ケルヴィン・セルシウス
前世の記憶と引き換えに、
強力なスキルを得て転生した召喚士。
強者との戦いを求める。二つ名は『死神』。

ケルヴィンの仲間達

エフィル
ケルヴィンの奴隷でハイエルフの少女。
主人への愛も含めて完璧なメイド。

セラ
ケルヴィンが使役する美女悪魔。かつての魔王の
娘のため世間知らずだが知識は豊富。

リオン・セルシウス
ケルヴィンに召喚された勇者で義妹。
前世の偏った妹知識でケルヴィンに接する。

クロト
ケルヴィンが初めて使役したモンスター。
保管役や素材提供者として大活躍！

クロメル
瀕死だったクロメルがケルヴィンと契約したこと
で復活した姿。かわいいだけの、ただのクロメル。

メルフィーナ
元転生神の腹ペコ天使。現在はケルヴィンの妻と
して天使生を満喫中。

ジェラール
ケルヴィンが使役する漆黒の騎士。
リュカやリオンを孫のように可愛がる爺馬鹿。

シュトラ・トライセン
トライセンの姫だが、今はケルヴィン宅に居候中。毎日楽しい。

アンジェ
元神の使徒メンバー。
今は晴れてケルヴィンの奴隷になり、満足。

ベル・バアル
元神の使徒メンバー。激戦の末、姉のセラと仲直り。天才肌だが、心には不器用な一面も。

学園都市ルミエスト

アート・デザイア
ルミエストの学院長で、
自意識強い系のダークエルフ。

ラミ・リューオ
「雷竜王」――なのだがギャルとして学園生活を満喫中。リーちゃん(リオン)はBFF(ズッ友)。

迷宮国パブ

シン・レニィハート
ギルド総長にして、
初対面でケルヴィンに襲い掛かる暴走レディ。

ドロシー
リオンのルームメイトで「はわわ～」系女子。
曲者揃いの生徒たちに振り回されている。

CONTENTS

イラスト／ダイエクスト、黒銀（DIGS）

第一章 ▼結末と顕現

漆黒の輪と翼。それは神の意志に反し、裏切りを行った堕天使の証《あかし》。ホラスが有するそれらは確かに堕天使のものであり、神聖さと邪悪さを複雑に織り交ぜたかのような、言葉では言い表し切れない雰囲気を感じさせた。故に希少、故に型破り、故に圧倒的強者。最高のご馳走《ちそう》を前に、パウルとシンジールの闘志は高まるばかりだ。しかし彼らが目指す先は、あくまでも理性的な戦闘狂。ケルヴィンの教えの通り戦う事は当然として、必要な情報も聞けるだけ聞き出しておかなければならない。

「堕天使ぃ？　てめぇ、この学園の教官じゃなかったのか？　ああ？」

「それに急に迎えに来たと言われても、レディ・クロメルが混乱しちゃうじゃないか。せめて最低限の説明は果たすべきだと思うけどね。君、紳士なのは見た目だけ？」

「ふむ、問答無用で攻撃を仕掛けて来ると思っていましたが、意外と冷静なのですね。尤《もっと》も、時間の無駄には違いないのですが。同志クロメル、さあ、こちらへ」

「「おいっ！」」

喧嘩《けんか》口調で情報を引き出そうとするパウル達《たち》であったが、ホラスは相手をするのも無駄だと言わんばかりに二人を無視。彼の目には最早《もはや》クロメルしか映っていないようで、一方的に、だが優し気な口調で彼女に語り掛けていた。

「堕天使クロメル、貴女《あなた》の行いは実に素晴らしきものでした。我らが絶対神、アダムス様が復活されるのは、貴女の功績と言っても過言ではない。目覚められた大天使の方々も、貴女を手厚く迎えてくれるでしょう」

「ぜ、絶対神？　あの、あの……ホラス教官が何を言っているのか、本当に分からないのですが、ひ、人違いなのでは……？」

突拍子もない事を次々と言われ、クロメルは更に混乱してしまう。ホラスの話に、思い当たる節は全くない。それでもクロメルは、必死に何かあったっけと思い出そうとする。が、やはり分からないものは分からない。

「……？　同志クロメル、もう演技をする必要はないのですよ？」

そんなオロオロするばかりのクロメルに、ホラスも少し疑問を感じ始めたようだ。

「演技なんて、してないです……」

「そうだぞそうだ、嬢ちゃんは嬢ちゃん！　それ以上でもそれ以下でもないぜ、このサイコ野郎が！」

「……もしや、記憶が欠如している？　そんな事が起こり得るのか？　いや、しかし――」

「こ・い・つ……！」

ホラスはパウルを無視し、何か考えを巡らせながら独り言を呟《つぶや》く。最早あからさまなスルーであった。

「……記憶がどうであれ、私には貴女をお連れする責務があります。できれば、邪魔立てをしないで頂きたいのですが？」

「馬鹿が、この流れでそんな願いを聞くとでも？」

「ええ、聞かざるを得ないでしょうね」

突然、ホラスがパチンと指を鳴らした。何事かとパウル達が周囲を警戒していると、辺りから足音が聞こえて来る。一人二人のものではない。数十人という、大人数によるものだ。やがて目の前に現れたその者らは、ルミエストの制服を纏《まと》っていた。

「マ、マール寮の生徒の方々、ですか？」

「ああ、その通りだ。クロメル一年生、君がホラス教官について行かないと、僕らが教官に殺されてしまう。そこの冒険者の方々も、どうか事を荒立てず、このまま見逃してほしい。そうすれば、この場で僕や貴方《あなた》達が死ぬ事もない。そうだろう？」

「そ、そんな……」

クロメルら三人を取り囲むようにして整列する生徒達。そのうちの一人は、晴れやかな笑顔を浮かべながら自分達が人質であると、奇妙にもそう言い切った。そんな彼らにショックを受けたのか、クロメルは顔色を青くし、口元を両手で覆ってしまう。

「……彼に操られている。と言いたいところだけど、そんな気配はないね。振る舞いが自然だ」

「あんな台詞《せりふ》を笑顔で言えてる時点で、到底自然じゃねぇよ。てめぇら、そいつの仲間か？」

「いいえ、違います。僕達はホラス教官の生徒であり、人質です。それ以上でもそれ以下でもありません」

また別の生徒が先ほどの生徒同様、笑顔で答えた。シンジールの言う通り、その振る舞いに『魅了眼』などで操られている様子は窺《うかが》えない。しかし、だからこそパウル達にとっては不気味であり、自ら進んで人質になるという彼らの言動は、不自然極まりないものだった。

「彼らを無視して私と戦うのも結構、彼らの命を第一とし、同志クロメルを差し出すのも結構。後者を選択された場合、マールの生徒達の命は保証して差し上げましょう」

「ハッ、てめぇの言葉を信用しろってか？」

「ええ、その通りです。さて、どうしますか？　私はどちらでも構いませんよ？　ああ、外からの応援を待つのは推奨しません。この場所は私が管轄するエリア、つまりそれ用の結界も既に施しておりますので。まあそれ以前に、私も無駄な時間は掛けたくないので、判断は早めにお願いしたい。あまり私を待たせ過ぎると、暇潰しに生徒達の首を飛ばしてしまうかもしれませんから」

「このっ、クソ野郎が……！」

「君、曲がりなりにも天使なんだろ？　そんな悪魔の所業が許されるとでも？」

「ええ、許されますとも。それで、貴方方の答えは？　そろそろ一人目、いきますよ？」

無慈悲にもそう宣言したホラスは、彼の近くにいた女生徒の首に手をかける。あと数秒も答えを出さなければ、女生徒の首は飛ばされ床に転がってしまうだろう。淡々としたホラスの態度は、そんな最悪な光景が想像できてしまうほどに残酷だった。

「……ホラス教官」

この耐え難い時間の中で口を開いたのは、意外な事にクロメルであった。

「はい、何でしょうか？」

パウルとシンジールに対する冷淡な態度とは打って変わって、同じ堕天使であるからなのか、ホラスのクロメルに対する口調は少し柔らかい。

「先ほどこの辺りに結界を施したと仰《おっしゃ》っていましたが、それはもしや、舞台にも何か細工をしているのでは？　たとえば、パパを舞台の外に出さないように、今までと違う結界に切り替えた、とか」

「……ほう、気付かれましたか。ええ、その通り。貴女が死神ケルヴィンの近くにいると、彼は神の如《ごと》き力を得ると、そう認識しておりましたので。流石《さすが》の我々も、そんな状態の死神ケルヴィンとは相対したくありません。我々が用いる最上級の結界にて、舞台に封をさせて頂きました」

「なるほど、そうですか。ありがとう、ござい、ます」

「いえいえ」

「「……？」」

最初に軽い違和感を覚えたのは、クロメルの近くにいたパウルとシンジールだった。そこにいるのはクロメル、声も話し方も彼女のものだというのに、何かが違う。直感的にそう感じたのだ。

「二人とも、下がってください。私が前に出れば、全てが解決しますので」

「はっ、やなこった！」

「レディ・クロメル、自分を犠牲にするなんて馬鹿な事、考えないでおくれよ。今私の聡《そう》明《めい》な頭脳が、何とか打開策を――」

「――聞こえませんでしたか？　下がれ、と言っているのです」

「「ッ!?」」

疑念は確信に変わり、同時に二人の体は考える間もなく動いていた。クロメルが命令した通り、間合いから大きく外れるまでに、後ろへと下がっていたのだ。

（な、何だ？　この有無を言わさぬ、圧倒的な存在感は!?　本当に今のは、あの嬢ちゃんが発した言葉なのか!?）

（強いとか格上だとか、そんな次元の話じゃない！　マスター・ケルヴィンの教えを学んだ私達が、心の底から恐れている？　彼女を？　ば、馬鹿な……！）

置き去りにされた思考が動き出し、疑問が山のように吹き出していく。だが、状況は刻々と変わっていた。クロメルの頭の上には黒き天使の輪が、背中には漆黒の翼が展開されていたのだ。いつの間に出していたのか、パウルとシンジールには認識さえできなかった。……というよりも、同じ堕天使である筈《はず》のホラスでさえ、その変化を見逃していた。

「は、ははっ、ははははっ。余計な心配をさせないでください、同志クロメル。私でさえも圧倒されるその力、底が全く見えないではありませんか！　なるほど、やはり貴女は演技をされていたのですね。全く、貴女もお人が悪い。ですが、選択は選択。共に歩く道を選んだ貴女に、私は改めて敬意を――」

「――貴方も何を勘違いされているのです？　私、言いましたよね？　私が前に出れば、全てが解決する、と」

ホラスの視界一杯に顕現したのは、闇を思わせる無数の触手であった。

◇　◇　◇

突如としてホラスの眼前に出現した謎の触手が、目にも留まらぬ勢いで彼に迫り来る。異常なまでの危険性を察知したホラスは、即座に回避行動を開始。あと少しで掠《かす》ってしまうかという、本当にギリギリのところで触手を躱《かわ》す事に成功する。天井が高く上に逃れるスペースがあった事、そして漆黒の翼を予《あらかじ》め顕現させていた事は、彼にとって大変に幸運な事であった。しかし、眼下の生徒達はそうもいかない。

「あらあら、躱されてしまいましたか。まだ力が馴染《なじ》んでいないと考えるべきか、それとも思いの外動けるものだと感心するべきか……まあ人質とやらは確保できたので、良しとしましょう」

「あっ、あっ……」

「う、あぁぁ……」

地上に取り残されたマール寮の生徒達は、一人残らずタコ足のような触手の波に飲み込まれ、苦し気に声とも言えない声を漏らしていた。ダメージを負っている様子は見受けられないが、生気が丸っきり消失してしまっている。

空中から見下ろす事で、生徒達の様子を確認できたのと同時に、例の触手に関しても漸《ようや》くその全貌が明らかになった。漆黒の触手はクロメルが装備する純白の聖衣、アグノスパスマのスカートの下から生えており、全ての方向に地面を這《は》うようにして伸びていた。しかも、それら触手が辺りを侵食する規模が尋常でない。ホラスが見渡す事ができる学内の床、その全てが触手によって覆い尽くされてしまっていたのだ。

「こ、この禍々《まがまが》しい力は、一体……!?」

「禍々しいだなんて、とんでもない。この深海の悪魔《アビスダゴン》はご覧の通り、無数の触手を生み出すだけの、ちょっとした青と黒の合体魔法です。触れた者の魔力を根こそぎ吸収してしまう特性も持ち合わせていますが、まあ些細《ささい》なものです。取り敢《とあ》えず、これで生徒の方々は自害もできません」

次なる獲物を求めているのか、床を満たしていた触手が徐々に宙へと興味を示していく。段々と吊《つ》り上がって行く触手の先が向けられるのは、当然空中にとどまっているホラスだ。

「ううっ、ヌメヌメしてる……けど、私達《たち》に対しては害はない……？」

「じょ、嬢ちゃん！　確認だけさせてくれ！　味方って事で良いのか!?　あと、この力は一体!?」

触手の海に巻き込まれて姿が見えないが、その中にはパウルとシンジールも居たようだ。生徒達とは違い、こちらは魔力を吸われていないようで、しっかりと自分の意思を保っていた。

「もちろん、味方ですよ。ただ、敵の前で安易に説明などはしたくないのですが……まあ、良いでしょう。取るに足らない相手ですし」

「なっ！」

普段であれば絶対にしないような、相手を小馬鹿にする態度を取るクロメル。これだけでも衝撃的な絵面ではあるが、肝心なのはその異常なまでの強さの方だ。

「私の固有スキル『怪物親』は、私がパパを目にしている時に、パパの強さをこれまで一番強かった、所謂《いわゆる》全盛期の時にまで底上げする能力です。先ほども言っていたようですが、だからこそこの力を警戒して、私と分断した後にパパを結界の中に閉じ込めたんですよね、ホラス教官？　ええ、その作戦はとっても真っ当で、正しい選択です。『怪物親』のもう一つの力がなかったら、の話ですけれどね」

「もう一つの、力、ですと……!?」

「ですです♪　その力は逆の状況、つまりパパが私の存在を、全く察知できないでいる時に発動します。その効力は、私を全盛期の力に引き戻す事。疑似的にその段階にまで急成長させる、とも言えるでしょうか。性格の悪さまでその時期に寄ってしまうのが、少々難ではあるんですけどね。そして、私の全盛期とは――っと、そこまで教えてあげる必要はないでしょう。貴方は何となく察していそうですし」

「ッ……！　演技でもない、私達と共に歩む気もない。ならば、貴女《あなた》が私達を支援したのは、一体なぜです？」

「ひょっとして、以前の私《クロメル》の話をされています？　言っておきますが、その私《クロメル》はもう死んでいるのです。今の私は、あくまでも能力によって、その域にまで力を高めたに過ぎません。尤《もっと》も、パパが大好きな私《クロメル》の事です。ある程度の予想はできますよ。万が一、敗れた際の為《ため》に、パパへの次のプレゼントとして、置き土産を用意していたんでしょう。競う相手がいなくて、パパが退屈しては大変ですからね」

「お、置き、置きみや、げ……!?」

「はいです♪　ああ、もちろんホラス教官の事ではありませんよ？　いくら何でもそれは、自分を驕《おご》り過ぎです。用があるのは背後にいるであろう、大天使や邪神さんですから」

　怒りで全身を震わせるホラスの姿を、クロメルは満足気に眺めていた。後方にいるパウルとシンジールは、ただただクロメルの言動に恐怖するのみである。

「ふう、少し長話が過ぎましたね。ああ、外からの応援を待つのは推奨しませんよ？　大方情報の伝達だけでも仲間に、なんて事を狙っているのでしょうが、私はママほど優しくはありませんから。ほら、とっくの昔に外部との繋《つな》がりは遮断していますし」

　クロメルが両腕を広げると、辺りからガシャンガシャンとガラスが割れたような音が鳴り響いた。ホラスが辺りを見回すと、全方位、天井までもが黒々と染まっているのが目に入る。

「漆黒の、結界!?」

「惜しいですが、人智の隙間《レクトロクス》は結界を作る魔法ではありませんよ。空間を刳《く》り貫《ぬ》いて、代わりにでたらめな小さな世界を生成した、と言った方が正しいです。予め警告しておきますが、その黒き世界には触れない方が良いかと。非常に概念が不安定な状態ですので、貴方《あなた》程度では存在を保てるかどうか、正直私にも分かりませんので。まあ、それでも通り抜けたいと言うのなら、あとはご自由にどうぞ。それを眺めているのも、また一興です」

「あ、あの、それって私達が誤って触れた場合も、凄《すさ》まじく危険なのでは……?」

「ですね。大人しくそのまま埋まっていてください」

「「……」」

パウル&シンジール、大人しく待っている事を決意。

「せ、世界の創造……!? 馬鹿な、転生神でもない貴女が、そのような神の御業《みわざ》を成せる筈がないっ！」

「ですから、今の私は神に至っているんで――っと、今のは失言です。ええと、今はそれよりも……ああ、居ました居ました」

何かを捜すような仕草をした直後、クロメルが触手の一本を動かす。地上より持ち上げられたその触手には、一人の生徒が束縛されていた。

「ひぃぃぃぃっ！ なななっ、何、何なんだよ、これぇぇっ!?」

「ふんふん、なるほど。一人だけ元気な状態で残しておきましたが、酷《ひど》く混乱している様子。どうやら、あのおかしな洗脳は消えたみたいです。外部との空間を遮断して、正気に

戻ったとなると……なるほど、彼らを洗脳した能力者は貴方とは別にいると、そういう事ですね♪」

ビシリとクロメルに指を差されるホラス。同時に、悲鳴を上げながら錯乱していた生徒の魔力を、触手が吸収。抜け殻になってしまったかのように、ダラリと生徒の体から力が抜けていった。

「外のお仲間も気になりますが、そちらはパパ達が何とかするでしょう。さて、ホラス教官はどうされますか？　勇敢にも私に立ち向かい、情報を根こそぎ抜かれてしまうか。それとも賢明な判断で逃走し、やっぱり私に捕らえられてしまうのか。ええ、どちらを選択しようとも、私は貴方に敬意を払いましょう」

「……私を侮るのも、大概にして頂きたい。真なる神の使徒、ホラス・アスケイド！　今こそ、邪悪を断ち切る！」

黒き翼を最大限にまで広げ、ホラスがクロメルへ突貫を開始した。

「ふふっ、大変に愚か♪　あら、また失言さんです」

◇　◇　◇

悲鳴にも似た叫び声が轟《とどろ》くも、それら騒音は全て人智の隙間《レクトロクス》に遮断されてしまう。どこの誰の声なのかは分からないが、万が一にも彼の声が外に漏れる事はないだろう。という訳で、場面を舞台の上へと移す。

「ルミエスト側出場メンバーのクロメルさん？　クロメルさーん？　時間ですので、舞台への移動をお願いしまーす！……あれぇ、おかしいですね。最終決戦になったというのに、肝心のクロメルさんが登場されません。ハッ！　これはもしや、何かのサプライズ!?」

「そのサプライズを運営側が知らないでどうするのですか……現在、運営メンバーが詳細を確認しているところです。試合開始まで、もう少々お待ちください」

　クロメルが一向に舞台へ姿を現さない為、対抗戦の会場はちょっとした騒ぎになっていた。先ほどの放送の通り、運営部も漸く調査を開始したところで、今のところ新たな情報が入る様子はない。

「おかしいな、メルと違って時間をきっちり守るあのクロメルが、よりにもよってこの大舞台で遅刻をするなんて……ハッ！　まさか、何かしらの事件に巻き込まれて誘拐されてパパ助けてな事態に!?」

　最終戦に向けて一足先に舞台入りしていたケルヴィンは、子煩悩が過ぎるパパとして当然の反応を見せていた。普通であれば、妄想が豊かであると仲間達から一笑に付されるところだ。が、何の因果なのか、今回ばかりは予感が微妙に的中していた。尤も、助けが必要かどうかは、神のみぞ知る状態であるのだが。もちろん、ケルヴィンはそんな事なんて知らないので、今にも舞台を抜け出して、学園中を疾駆してしまいそうだった。

しかし、ケルヴィンが風神脚《ソニックアクセラレート》を施して飛び出そうとする間際のところで、ある人物が舞台へと上がって来る。

「失礼します」

その者は何気なく舞台へと上がり、たまたま視線の合ったケルヴィンに何気ない挨拶をした。そこには敵意や殺意のような感情はなく、日常の中で行われるであろう、ごく自然な仕草と行動しか見受けられない。ついでに言ってしまえば、その者はルミエストの生徒であるらしく、リオンと同じ制服を纏《まと》い、どこにでも溶け込んでしまいそうな容姿をしていた。

しかし、しかしだ。だからこそケルヴィンはクロメルの事から一旦頭を切り替え、その者に意識を集中させる必要があった。長きに渡り戦いに従事してきたバトルジャンキーの目には、普通である筈《はず》の彼女がとても美味《おい》しそうに見えたのだ。目にするだけで空腹感が刺激され、唾液が溢《あふ》れ出る。最早《もはや》そこらのS級モンスター程度では、小腹も満たされない領域にまで達していた筈の戦闘狂の五感に、ありったけの渇望感が叩《たた》き込まれる。普通なのに、普通ではない。そんなちぐはぐな印象を感じさせるこの生徒に、ケルヴィンが興味を抱かない筈はなかった。自然に素敵な笑みがこぼれ、気が付けばケルヴィンはこう質問していた。

「……誰だ？　名前は？　目的は？　どこ住み？　てかさ、ちょっと俺とバトって行かない？」

否、質問というよりも、ナンパに近いバトルのお誘いだった。だが、そんなバトルジャンキーの笑顔と発言を受けて尚《なお》、対峙《たいじ》する生徒の表情は崩れない。

「クロメルさんの代役で参りました、ドロシーと申します。リオンさんのルームメイトで、寮の同じ部屋にご一緒させて頂いています。あ、目的はケルヴィンさんを倒す事ですので、戦いのお誘いは喜んでお受けしますよ？　この勝負にルミエストの勝利が懸かっていますからね」

「は？」

「えっ!?　シーちゃん!?」

ケルヴィンの前に現れた謎の生徒の正体は、なんとリオンの友人でもあるドロシーであった。ケルヴィンは相変わらず笑ったままだが、周囲の反応は凄まじい。

「ありっ？　選手交代したの？」

「いやあ、拙者はそのような事は聞いておりませぬが……」

彼女の登場に、控室より観戦していたリオン達から驚きの声が上がる。それもその筈だろう。彼女達からしたら、ドロシーの登場は全く予期していなかったのだから。

（リオンの友達？　つまり、見たまんまルミエストの生徒か。ルームメイトって事は、恐らくはリオンの同級生……同級生!? すげぇなルミエスト! 俺も予期していないこんな隠し玉を、まだ持っていやがったのか! そしてリオン、良い友達を持ったじゃないか! 流石《さすが》俺の妹だけあって、良い目をしてるなぁ。これだけの実力者、一生もんの友達になるぞ。つか、なってお願い……!)

その一方、ドロシーと初対面になるケルヴィンは、現在起こっている裏事情を全く知らない為、彼女がサプライズによる本当の出場者で、クロメルの代わりに戦う事になったのだと、そのまま信じてしまっていた。悲しい戦闘狂の性《さが》と言うべきか、それともお馬鹿さんと哀れむべきか。

しかしながら、そんな愚直な死神を騙《だま》す事ができても、運営側にとってこの出来事は、不測の事態以外の何者でもない。当然、この事態にストップがかかる。

「ドロシーさん、これはどういうつもりですか? 貴女は対抗戦のメンバーではない筈ですよ。今直《す》ぐに舞台を降りなさい」

静かな口調でそう言い放ったのは、解説席のミルキーであった。対抗戦を運営する責任者として、一生徒の勝手な真似《まね》は決して許せるものではない。

「ミルキー教官、残念ですが貴女の命令には従えません。既にこの場は、私が掌握していますしね」

「何ですって?」

――パチン！

ドロシーが指を鳴らした途端、ケルヴィン達《たち》を取り囲む舞台の結界が、全くの別物へと変貌していった。生まれ変わった結界は以前よりも圧倒的に強固であり、召喚術による配下の召喚、念話による意思疎通までもを阻害。紫に染められた究極の結界は、正に召喚士の力を封じる為にあるようなものだ。

（んんっ？　この色、この性質、もしかして……）

しかし、ケルヴィンはこの結界がどのようなものなのか、目にしただけで自然と理解できてしまった。その理由は既に知っていたから、である。そして、ケルヴィンと同じ理由で分かってしまった者が、舞台の外にも一人。

「アレは、あの時の……」

「ベルちゃん？」

その人物とはもちろん、元神の使徒のベルの事である。かつて同様の結界を実際に使用した事のある彼女は、使われた側のケルヴィンと同じく、この結界があの時のものであると逸早《いちはや》く理解していた。

『あの紫色、創造者が作り出した結界よ。ほら、私とアンジェでケルヴィンを始末しようとした時に使ったやつ』

その事をリオンに伝える為《ため》、ベルはこっそりと念話を送る。

『ひょっとして、獣王祭の時の?』

『そうよ。でも、何であの結界がここに？　『統率者』を倒す為に、召喚士殺しの仕組みをケルヴィン達に教えはしたけど、他の奴《やつ》らが知っている筈ないのに……いえ、今はそれよりも、アレの破壊が先かしらね』

『えっと、僕は直接は見てなかったけど、確かその時はセラねえが結界を壊したんだっけ？』

『ええ、その通りよ。セラお姉様が華麗に優美に破壊してくれたわ。普通、あんな短時間で破壊できるものじゃないから、『血染』を使ったのかしらね。あの時は敵ながら、お姉様の圧倒的な行動力に感服したものよ。フフン』

あ、今のフフン、ちょっとセラねえに似てたかも。と、そんな悠長な事態でない事は分かっていたのだが、リオンはそう思ってしまった。

『馬鹿みたいに頑丈かつ、魔法だけが通り抜ける特殊な結界だから、ケルヴィンの大鎌でも破壊はできないの。召喚術やこの念話も遮断する、言うなれば対ケルヴィン用の大結界かしらね』

『そ、それって大変な事になったんじゃない!?　急いでケルにいに伝えないと！』

『いえ、あの戦闘馬鹿なら自力で理解してるでしょ。だって戦闘馬鹿だもの』

『あっ、そうか』

何の疑問も持たずに納得してしまうリオン。ある意味、信頼が厚いと言える。

『それじゃあ、急いでセラねえに連絡しないと……セラねえ、聞こえる？　セラねえ？』

リオンがセラに念話を何度も送るも、返答がなかなか来ない。おかしいなと思いつつも、リオンは呼びかけを続けた。

『う、うう……』

『セ、セラねえ!?　大丈夫!?』

漸《よう》く念話先から返って来た声は、微《かす》かで弱々しいものだった。もしやセラ達の方でも何かあったのでは!?　と、リオンは焦った。切迫した空気の中で、リオンが次に耳にしたセラの言葉は――

『は、はしゃぎ過ぎて、食べ過ぎた……もう、動けない、くふっ……』

――食べ過ぎによる、ギブアップ宣言であった。どうやら子煩悩孫煩悩な者達から解放された事で、屋台巡りを楽しみ過ぎたらしい。戦闘面ではメル並みに頼りになるセラも、胃の大きさは人並みであったようだ。

『……流石はセラ姉様、たっぷりとお祭りを楽しんでいたようね。一ルミエストの学生として、とても誇らしいわ』

ベルはとても寛容だった。

◇　◇　◇

「シーちゃん、一体どうして……？」

結界云々《うんぬん》はさて置き、どうして彼女《ドロシー》がここにいるのか、なぜケルヴィンの欲望を刺激するほどの力を垂れ流しているのか、詳細は未《いま》だ不明のままだ。特に友人でありルームメイトでもあるリオンは、まだこの事実を信じられないでいた。そして経緯がどうであれ、兄であるケルヴィンが大喜びしているこの状況に、どう対応したものかと悩んでもいた。

（勢いで結界を何とかしようって流れになったけれど、ベルちゃんの言う通り、多分ケルにいだってその事は分かっている筈。その上であんなに楽しそうにしているし、むしろ邪魔するべきじゃないのかな？　なぜなのか分からないけど、シーちゃんの強さも底が見えないし……うう一ん！）

兄の安全の確保、生き甲斐《バトル》の優先、友人の正体の解明——果たして何を取るべきだろうか？……まあ、リオンの答えは最初から決まっているようなものなのだが。

「……ベルちゃん、この場は任せても良い？　結界は壊さなくても良いから、会場全体の安全を見守る感じで！」

「助けに入らなくて良いの？」

「うん、ケルにいが助けを求めたら別だけど、今のところ楽しんでいるみたいだし」

「……ハァ、なるほどね。身近に理解者がいて、あの異常者も幸せ者だわ」

ベルもリオンの意図を一瞬で理解したようだ。そういう彼女も、セルシウス家に対する理解がなかなかに深い。

「それで、リオンはこれからどうするの？　この場を私に任せるって事は、どこか他のところに向かうのでしょう？」

「僕はクロメルを捜しに行くよ。ケルにいに目の前の戦いに集中してもらうには、クロメルの安否が一番のネックになると思うから！」

「ふーん、どこまでも兄想《おも》いなのね。ドロシーは良いの？」

「うん、シーちゃんも多分大丈夫！　僕が心配する必要なんてないくらい、すっごく強いみたいだし！」

まったく、この戦《いくさ》第一ファミリーは。ベルはそんな事を考えながら、電気を迸《ほとばし》らせて彼方《かなた》へと消えて行く、リオンの背中を見送るのであった。

「待っち待っち！　リーちゃん、私も一緒に手伝うってばー！」

その後を雷竜王のラミが、これまた稲妻となって追いかけて行った。雷の如《ごと》き二人が手分けして学園内を捜し回れば、クロメルの所在も直ぐに分かりそうである。

「ふむ、何やら緊急事態の様子。ベル殿、拙者は如何《いかが》しようか？　学園の仲間として協力するぜよ」

「んー？　じゃ、舞台が壊れないように魔力供給装置に魔力を送り続けていて。結界が変わっても、舞台自体の性質までは変わっていないでしょうから」

「む？　舞台を壊すのではなく、修繕するのですかな？」

「ええ、そうよ。正体不明となったあの子《ドロシー》が、自分から檻《おり》の中に入ってくれたんだもの。下手に野放しにして、周りの観客を危険に晒《さら》す訳にはいかないでしょう？」

「おお、なるほど！　流石は成績トップのベル殿！　では、拙者は舞台の修繕に努めるでござる！」

グラハムはベルの指示に大きく頷《うなず》き、颯爽《さっそう》と舞台の魔力供給装置へと向かって行った。

「よし、どの程度の戦いになるのかは分からないけれど、まあこれで暫《しばら》くは大丈夫でしょ」

控室に唯一残った出場生徒のベルは、非常に満足した表情を浮かべながら頷いていた。リオンとラミがクロメルの捜索に向かい、グラハムが舞台の修繕に、アートは先ほどの試合が終わってから行方不明と、今や控室に他のメンバーは誰も残っていない。

「じゃ、私はここでゆっくり観戦させてもらおうかしら。リオンの言い付け通り、これでも会場を見守る事には変わりないもの」

そう言って、ベルはクロトの分身体から水着にビーチチェアにサイドテーブル、そして南国風のフルーツジュース、更には揚げたてポテトを取り出して、バカンスの如く寛《くつろ》ぎ始めてしまった。止《とど》めとばかりに、雰囲気作りのサングラスまで掛けている。

「フフッ、いつかセラ姉様が言っていたものね。遊ぶ時は大いに遊び、休む時はゆっくり休むもんだって。そして、これがセラ姉様から聞いた究極の安息スタイル……！　パパの近くだと煩《うるさ》くてそれどころじゃないし、学園生活の中だと優等生で通らないとで、なかなか実践するタイミングがなかったのよね。周りが慌ただしく動いている今こそ、絶好の機会だわ。今ならちょうど目の前で、打って付けの余興も開催中よ。フフン♪」

水着に早くも着替えたベルは、フルーツジュースにささったストローを吸い、ここぞとばかりにバカンス気分を味わう。その姿は敬愛する姉の真似をしたがる、年頃の妹そのもの——ではあるのだが、なぜこのタイミングに？　という疑問が大いに残る。ただ、ベルはベルでこの事態の事を何も考えていない訳ではなかった。

「黒女神を倒した戦闘馬鹿があの程度の輩《やから》に負けるとは思えないし、別に私が動く必要もないものね。わざわざこの対抗戦を利用して出て来たってところは気になるけど、まあ何とかなるって私の勘が言ってるし。どうしようもなくなったら、流石に多少は動いてあげるけど……どうせ、姿を消した学院長やら『先覚者』やらが、裏で火消しに動いているんでしょ？　なら、やっぱり何の問題もないわね。さて、ドロシーがどの程度やってくれるのか、お手並み拝見といきましょう」

ベルは最後に「パパやセバスデルが近くにいない休日って、やっぱ最高ね！」と、そう締め括《くく》った。彼女の近くに控えていた分身体クロトは、「何か知らんけど、苦労してんやな……」と、生温かい目でベルを見守っていたという。

◇　◇　◇

ルミエストのメンバー（ベル以外）が慌ただしく動く最中、ケルヴィンはあるメッセージを発見していた。高熱の何かで焼いたような黒焦げ跡が、ケルヴィンの向かい側に当たる会場の壁に、こっそりと隠すようにして残されていたのだ。

『僕達がクロメルを捜すから、試合に集中集中！』

それは猛烈な勢いで会場の端を駆けて行ったリオンが、走る際に発生する電気で記したメッセージであった。ケルヴィンや他のS級冒険者達、またはそれに準ずる力を持つ者達しか視認できない速度であった為、一般の観客達には何か光った？　程度にしか認識できていない。

（リオンからのメッセージか。しっかし、電気で文字跡を残すとは器用な。つか、やっぱりサプライズじゃなくてトラブルだったのか。解説のアナウンスからして、大分怪しかったもんなぁ。どこの誰だかは知らないが、クロメルに何かあったらマジで許さん！……けど、今はリオンのお蔭《かげ》で戦いに集中できるってもんだ）

戦意を高めていた一方で、クロメルの行方も気になっていたケルヴィンは、リオンのメッセージに心から安堵《あんど》していた。信頼する家族がこっちは大丈夫だから、戦いに集中しろと言っているのだ。ケルヴィンは親馬鹿ではあるが、同時に家族も心から信頼している。だからこそ、もうケルヴィンの頭の中は敵《ドロシー》の事で一杯だ。

「取《と》り敢《あ》えず俺が勝ったら、君の知っている事を全部吐いてもらう。それで良いかな？」

当たり障りのない笑みを浮かべるドロシーは、虚空より武具を取り出す。ケルヴィンの黒杖《こくじょう》ほどもありそうな大杖《おおづえ》を右手で摑《つか》み、禍々《まがまが》しい魔力を放つ書物を左手側の宙に浮かべたのだ。

「構いませんよ、どうせ負けませんし。ああ、ちなみにこの会場にいる生徒に何人か、私の制御下にある人質が交じっています。下手な事をするのはお勧めしませんが？」

「人質？　ああ、そんなの別に構わないよ。問題ない」

「……は？」

あっけらかんとそう答えるケルヴィンに対し、ドロシーは初めて表情を崩した。

「さあやろう、直《す》ぐにやろう。戦いは待ってはくれないぞ？　鮮度が大切だ！」

「……あの、私の言葉を理解していますか？　貴方《あなた》が動けば、大勢が死ぬ事になるんですよ？」

「いや、それで俺が動かなきゃ、今度は俺が死ぬ事になるじゃないか。なら動くだろ、普通。それなら思いっ切り戦った方がお得だし。まっ、きっと他の誰かが何とかするだろ。

いやー、助かったよマジで。クロメルが相手だったら、パパとしてどう戦うべきかと、最後の最後まで悩んでしまうところだった」

「……」

予想の斜め上を行く返答に、ドロシーはただただ沈黙するしかなかった。

「さっ、そろそろ前菜《ぜっせん》はお腹《なか》一杯だ。もうメイン《バトル》を始めても良いか？　正式なメンバーじゃないんだから、試合開始の合図も必要ないんだろ？」

こうなってしまえば、双方が戦いに合意（？）したようなものだ。次の瞬間に戦いが発生するのは、ごく自然な流れであった。

◇　◇　◇

「やはり貴方は、この状況を理解されていないようです。分かりました、見せしめに一人ほど――――ッ！」

ドロシーが宙に浮いた書物に手を伸ばそうとした直後、彼女の直ぐ目の前に敵意を伴った何かが迫った。それを察知するや否や、その物静かそうな容姿からは想像もつかない、不自然なほどの機敏さで、ドロシーがその場から大きく跳躍。その後、舞台の逆側に舞い降りた彼女は、先ほどまで自分が立っていた場所に、死神の大鎌が振り下ろされていたのを目にする。

「お、余裕で避けたか」

舞台に深々と突き刺さる大鎌の刃先。瞬間的に修復されるこの舞台の特性上、下手に舞台に得物を突き刺しては、刃が抜けなくなるのが普通だ（そもそも普通は突き刺す事もできない硬さなのだが）。しかしケルヴィンはそのまま弧を描くようにして、造作もなく刃を舞台から抜き取っていた。全く力を籠めている様子はないのに、あれだけ頑強だった舞台が粘土を傷付けるが如く、三日月形に切り裂かれている。

「ああっと、ケルヴィンさんもドロシーさんも、勝手に試合を始めてしまったー！　これはこれは、一体どうすれば良いんだぁ――――!?　私としてはこのまま実況を始めたいのですが、隣のミルキー教官の目が怖いぃ――――！……えと、どうします？」

実況のランが恐る恐るミルキーに尋ねる。ミルキーはいつもの笑顔を崩してはいないが、大分ピキピキ来ているようで、お怒りマークが顔中に張り巡らされていた。自分の寮の生徒、それも特別に可愛《かわい》がっていたクロメルの行方が分からない、しかも最終決戦の大事な役目まで取って代わられたと来れば、ミルキーの怒りも当然だろう。これからの事の次第によっては、学園の面子《メンツ》が潰される可能性だってあるのだ。そんな彼女の隣にいながら、冒頭だけでもノリノリの実況をかましたランは、なかなかに度胸がある。

「良いんじゃないかな？　もうこの展開が元々予定していたサプライズで、ドロシー君が本当のメンバーでしたって事にしよう。それで最低限の面子は守られる」

「うわえええっ!?」

唐突にランルルとミルキーに声を掛けたのは、いつの間にか彼女らの背後に立っていたアートであった。予期せぬ金ぴかの登場に、ランルルの心臓はバックバクだ。ブチ切れ寸前状態のミルキーといい、今日だけで彼女の胃には結構な負担がかかっている。

ただ、実況の放送に彼女の驚きの声が乗る事はなかった。アートが声を掛けるのと同時に、放送のスイッチを切っていたのだ。

「アート学院長、本気ですか？　その馬鹿みたいな格好と同じく、頭まで馬鹿になった訳ではないですよね？　愚かなのはボイル教官だけで十分ですよ？」

「ハッハッハ、ミルキー教官はいつも以上に毒舌だな。相当に怒っていると見える。あと、あまりボイル教官を虐《いじ》めてやらないでくれよ？　尊大ではあるが、彼だって彼なりに学園に尽くしてくれているんだ。それに、私だって本気だ。これが我々の意図せぬトラブルだと知れ渡れば、我がルミエストへの信頼は落ちに落ちてしまう。今問題を起こしているドロシー君も、大いに責任を問われる事になるだろう。現段階では彼女がどんな理由で舞台に上がっているのか、まだ分かっていないんだ。もし彼女が何者かに洗脳でもされていたら、それこそ彼女が可哀想《かわいそう》だろう？　だから、穏便に済ますにはそれが一番良い」

「……冒険者ギルドの総長さんと、裏で何やら動いていたようですが……その件も関連しているという事ですか？」

「まあ、そうだと言っておこうか。今のところはまだ何とも言えないが、怪し気な人物を複数人シンが捕縛している。本件と関係ない事はないだろう。ああ、そうだ。クロメル君の事も安心してくれて良い。つい先ほど、リオン君とラミ君が彼女を発見してくれた。クロメル君の命に別状はないそうだよ。まあ、他の別状はあったのだが……」

「他の別状？」

「いや、こっちの話だ。今は気にしないでくれ」

アートは露骨に視線を逸《そ》らしていた。そんな彼を見て、ミルキーが大きく溜息《ためいき》を漏らす。

「なるほど、そういう事でしたら。ですが、対抗戦に出られなかったクロメルさんに、後で何かしらの補償をお願いしますね？」

「もちろんだとも。何なら、来年の対抗戦大将の座を今から確定――っと、お客様達《たち》がお待ちだ。ミルキー教官、ランルル君、そういう事だから、今から私自ら説明をしよう」

放送スイッチがオンに切り替わる。いつの間にやらマイクを持参していたようで、アートの手には黄金色のそれが握られていた。

「あ、あー、マイクテス、マイクテス……どうも、学院長のアートです。突然実況解説を止《や》めてしまって申し訳ありませんでした。そして最終試合、その予期せぬ展開に戸惑う方も多いのではないでしょうか？　ですが、ご安心ください。実はこれ、私自らが仕掛けた盛大なサプライズでして――」

　学院長自らの状況説明を受け、会場が落ち着きを取り戻していく。それは学園外のキャラバンも同様のようで、マジックアイテムの映像を前に熱中していた見物人達から、多くの安堵する声が上がっていた。

「なんだ、やはりあの小さな女の子は代表メンバーではなかったのか」

「そりゃそうだろう。あの年齢で入学している事自体凄《すご》い事だが、流石《さすが》に対抗戦に選ばれるほどの力はないだろう。まあ、私は最初から見抜いていたけどね」

「も、もちろん私だってそう思っていたぞ！　大体、最後の試合が親子対決になるなんて不自然だからな！　ルミエストへの入学ができた事自体、何か不正があったんじゃないかと怪しんでいたところだ！　大方、S級冒険者の娘が我《わ》が儘《まま》を言って無理に入学を決めたとか、そんなオチだろうさ」

　但し、その中には安堵の緩みからか、つい口を滑らせてしまう者もいたようで。

「あ、あ、ああっ……！」

「ん？　おい、どうした？　そんな悪魔でも見てしまったような顔をして？」

「う、ううう、後ろ！　後ろぉぉぉ！」

「は？　後ろ？　後ろが何だっていぅぅぅぅんだおおぉおっ!?」

　振り返るなり直面する、本物の悪魔と悪魔鎧《よろい》。彼の不躾《ぶしつけ》な言葉は、同じキャラバンの端っこにて廃人になりかけていた馬鹿二人を、瞬間全快で蘇《よみがえ》らせてしまったようだ。その後、彼がどうなったかは不明である。

一方で、正式に最終試合の相手が決まったケルヴィンはというと？

「ハハハッ、良い反応じゃないか！　パウル君やシンジール達じゃ、まず躱《かわ》せない速度で攻撃してるってのに、よく避ける！　見た目や得物は魔導師っぽいが、体の動かし方は素人のそれじゃない！　おっ、その本は勝手に追従してくれるのか!?　便利だなっ！」

「戦いの最中なのに、饒舌《じょうぜつ》ですね。前菜《ぜっせん》はもう要らなかったのでは？」

「ああ、悪い！　お預けの時間が長かったから、思ってた以上に腹が減ってたみたいだ！」

――アートの説明なんて関係なしに、とっくに戦いを始めてしまっていた。大鎌を振り回し、接近戦重視で攻撃を仕掛けまくっている。

「けどさ、こうして戦っていると、ちょっと違和感があるんだよな。お前の速度、緩急が急過ぎじゃないか？　おかしいなぁ、どうしてだろうなぁ？」

「……」

ケルヴィンが抱いた違和感、それはドロシーが攻撃を回避する際のスピードに関連していた。危険を察知する能力、攻撃を躱す身体能力、ドロシーの力はどれも申し分ない。しかし、戦いにおいて百戦錬磨を誇るケルヴィンの目には、彼女がまるで早送りをして進んだかのように、時折不自然な進み方をしているように見えていた。自らも風神脚《ソニックアクセラレート》などの緑魔法を愛用している為《ため》、尚《なお》の事《こと》その類の加速でない事はよく分かるようだ。

「なあ、避けてばかりじゃなくて、そろそろその力を見せてくれよ？　それとも、さっきやろうとしたみたいに、その本に手を伸ばすか？　俺はどっちでも歓迎するぞ？　なあ、なあ、なあっ!?」

今日も死神は絶好調である。

◇　◇　◇

対抗戦の第一試合から第四試合、その全ての相手が喉から手が出てしまうほどに欲しい敵であったが為に、待て状態から解放されたケルヴィンは、今や歯止めの利かない暴走機関車となり果てていた。実際のところは理性も多少ありはするのだが、その理性はこの試合を如何《いか》にして戦い楽しむかに費やされているが為に、あまり意味を成していない。目の前に美味《おい》しそうな人参《ドロシー》をぶら下げられては、戦闘狂は最早《もはや》ブレーキというものを必要としていないのだ。

「覆尽《オブシダンフィーレ》くす黒剣軍！」

「ッ！」

ケルヴィンが高速詠唱し発動させたのは、戦場となる舞台全面を巨大な黒剣に作り替えるS級緑魔法【覆尽くす黒剣軍《オブシダンフィーレ》】であった。それまで修復するなどして均一な平面を保っていた舞台全域が、ケルヴィンがいる場所を除いて突如として変色・隆起し、鋭利な刃《やいば》を天にかざす巨剣の大群へと変貌する。その場に生成されただけで、頭上に存在していた全ての生物を串刺しにしてしまう凶悪なる巨剣は、巨大なだけでなく数までもが膨大。人ひとりが収まるほどの隙間もなく、舞台上に立っていれば、まず間違いなく斬り刻まれてしまうであろう代物だった。

「死角からの攻撃にも対応可能か。良い察知能力をしてるじゃないか」

「嬉《うれ》しくもない世辞をどうも。貴方《あなた》も、噂《うわさ》以上の馬鹿げた魔力を有しているようですね」

だが、ドロシーはこの攻撃に全くダメージを受けていなかった。ケルヴィンが口に出した通り、剣の大群が生成されるよりも早くに、真上へと大きく跳躍していたのだ。

「だが、跳んだ後はどうする？――煌槍十字砲火《レディエンスクロスファイア》」

「踏み潰すんですよ。――腐り堕ちる《デカダンス》」

ドロシーが空中に飛び出すのを確認するや否や、ケルヴィンの指先から十本の光の槍《やり》が放たれ、目標《ドロシー》目掛けて光速で迫って行く。対するドロシーは何を思ったのか、折角躱した剣の大群の中へと、再びその身を投じようとしていた。

一度空中へと跳躍した状態から、不自然な加速をしながら落下するドロシー。彼女は剣の波に飲み込まれ、その姿を消してしまった。刹那の時間で煌槍十字砲火《レディエンスクロスファイア》が追跡しようとするが、地面の巨剣に射線を遮られて衝突、大きな爆発が巻き起こる。

（地面の剣に直撃、いや、寸前にあいつの落下地点にあった剣だけ分解された？　妙な超スピードといい、本当に面白い戦い方を見せつけてくれやがって！）

ケルヴィンは子供のようにワクワクしながら、自身の魔法を通してドロシーの状態を確認。舞台の上に着地し、光の槍による爆発が間近で起こった今も、恐らくは無傷だと結論付ける。そして、今度はドロシーの方から動きがあった。

「逝き渡る《コンテイジヨン》」

ドロシーが何かの魔法名を呟《つぶや》いた次の瞬間、彼女の周囲に乱立していた巨剣群が、次々と崩壊していったのだ。あるものは瓦礫《がれき》と化し、またあるものは砂に近い大きさにまで粉々に。破壊される度合いに多少の差異はあるものの、彼女の付近に無事な巨剣は最早皆無と言っても良い。

ドロシーが着地した地点は舞台のちょうど中央に当たり、そこより発せられた円が段々と大きくなるように、巨剣の崩壊は外側に向かって行く。その崩壊の輪はかなりの速さで、ケルヴィンの下にまで迫っていた。

（ダハクの息吹《ブレス》みたいに、対象を腐らせる能力？　いや、ドロシー自身が纏《まと》っている魔力と、この見えない崩壊の波の魔力は酷似している。超緩急も謎崩壊も、どっちも同系統の力の筈《はず》だ。これを手っ取り早く確かめるには、そうだな——）

迫り来る見えない、しかし確実な死をもたらすであろう不可視の波に向かって、ふとケルヴィンは片腕を突き出していた。

「は？」

「は、じゃねぇよ。これが一番直《じか》に理解しやすいだろうが！」

眼前にあった巨剣の崩壊、そして見えない波への接触。ケルヴィンは全神経を、並列思考の半分以上を、突き出した片腕へと集中させていた。

――ズズッ。

片腕に訪れた変化は腐食ではなく、急速な老いであった。まず目に見えてやせ細り、次いで弱々しい老人のような腕へとなっていく。最も早くに接触した指先は、更に肉の崩壊、白骨化まで開始しようとしている。一連の現象を脳に焼き付け、ケルヴィンは嗤《わら》いながら打開策となる魔法を詠唱した。

「神聖天衣《ディバインドレス》」

ケルヴィンが状態異常の一切を払拭する白き神聖なオーラを纏い、急速に侵食して来た老化現象は二の腕の辺りで治まった。しかし見えない波自体は止まっていない為、ケルヴィンの背後にあった巨剣は次々と倒壊していく。舞台の上に生み出された巨剣全てが破壊された時、漸《よう》く見えない波はその猛威を止めたようだ。

「ふい～、一応状態異常の類ではあったみたいだ。無事に止まってくれて、何とか助かったよ」

「……貴方、やはり頭がおかしいのですね。正体の分からない攻撃に向かって、自ら片腕を差し出すなんて」

「何言ってんだ、実際これが最適解だったろ。つまり、俺の頭は正常だよ」

ドロシー、こいつ何言ってんだ？　という、怪訝《けげん》な表情を作る。

「って、なんだ？　律儀に舞台の上だけで止めてくれたのか？　やけに優しいじゃないか」

「……虐殺が目的ではありませんので」

「ああ、なるほどな。これ以上広い範囲に使うと、魔力がもったいないのか。強力な攻撃だが、燃費はあまりよろしくないようだ。俺とお揃《そろ》いだな！」

「……」

白骨化した片腕をプラプラとぶら下げながら、納得したように何度も頷《うなず》くケルヴィン。戦いの前段階で見せしめに人質を殺そうとしていたドロシーが、虐殺云々《うんぬん》を気に掛けるなんて、欠片《かけら》も考える筈がないと断定している様子だ。対するドロシーは、そんな風に心の内を見透かすケルヴィンを、少し気持ち悪そうに睨《にら》みつけ始めていた。

「おっ、良いねぇ。漸く瞳に感情が灯《とも》って来たんじゃないか？」

但し、睨みつけられている戦闘狂は、そんな事をされても喜ぶだけだった。結果、ドロシーの視線が更に鋭くなる。

「実際に目にして直に触れて、色々と面白い体験をさせてもらったよ。その上でさ、お前が使ってるその魔法、時を操る類のものかなって、そう予想してみた。不自然な速度は自分だけを早送りの状態に、唐突に剣や俺の腕が崩れ落ちたのは、急激に時を進めて老朽化と老化をさせたから、ってな。本当にそんな魔法が存在していたのならマジで脅威だが……どうだ？」

ケルヴィンは大鎌で使い物にならなくなった片腕を自ら切り裂き、ついでとばかりにドロシーにそう問い掛ける。ちなみになくなった片腕は、ドロシーが答えを返すよりも早くに魔法で再生していた。

「……ステータスは『隠蔽』の上に『偽装』も施している筈なんですけどね。流石は戦いにおける第一人者、と褒めて差し上げるべきでしょうか？」

「嬉しい世辞をどーも。それで、正解か？」

ケルヴィンの予想は的中している。ドロシーは舞台上に現れるよりも以前に、自らの早送りを可能とする生き急ぐ《ヴィーヴル》を施し、ピンチに陥った時にのみ発動させる事で、ケルヴィンの攻撃を躱していた。更に足裏に範囲を集中させる事で、その場所のみを一瞬で数十年ほど経過させる腐り堕ちる《デカダンス》、その効力を僅かに落とし、代わりに射程を広げた逝き渡る《コンテイジョン》を詠唱する事で、これまでの不可思議な現象を現実のものにして来たのだ。

「ええ、そうですよ。認めましょう。私は最強の魔法である『時魔法』を、この世界で使える唯一無二の存在です。そして、もうお遊びはここまでにしましょう。静止する時の中で、安らかに死んでください。――堕ち尽く《エテルネル》」

ドロシーが杖《つえ》の底で舞台を叩《たた》いたその瞬間、世界の時が止まった。

◇　◇　◇

S級時魔法【堕ち尽く《エテルネル》】、世界を完全に静止させる大魔法が発動し、ドロシーと対峙《たいじ》していたケルヴィンをはじめとして、周囲の観客達《たち》の喧騒《けんそう》や、実況を行っていたランルル達の時が止まる。今この世界で動ける者は、それこそ術者であるドロシーだけだ。尤《もっと》もその彼女も、この世界で自由に動けるという訳ではなく、幾つかの制限が課せられていた。

一つ、堕ち尽く《エテルネル》を発動させた後だとしても、静止したこの世界で一歩でも動くごとに、多大なる魔力を消費してしまう事。一つ、動くにしても水中にいるかの如《ごと》く体が重くなり、行動が非常に緩慢なものになってしまう事。一つ、停止した世界の中では一定サイズ以上の生物に触れる事ができず、たとえ攻撃を放ったとしても、対象に衝突する寸前のところで攻撃が止まってしまう事（具体的には対象から数ミリの地点で停止）。

これらの条件がある為に、ドロシーは長時間この魔法を維持する事ができず、また起こす行動もごく限られたものとなってしまう。だが時を止めるという事は、それらデメリットを補って余るほどのメリットが存在する。

「魔力の燃費が悪い？　行動が制限される？　時を止めても敵を殺せない？　違いますよ。だって時を止めている間に、敵を殺す用意だけ済ませておけば良いのですから」

堕ち尽く《エテルネル》を展開する中で、ドロシーが取った行動は些細《ささい》なものだった。杖を弓に見立てて片腕を引き、照準を敵《ケルヴィン》に合わせる。ただそれだけだ。

「黄泉飛ばす《モール》」

杖の両端に、そしてドロシーの指先に生成されるは、不可視の弦と不可視の矢。弓矢を模したこれら時魔法【黄泉飛ばす《モール》】は、言わば腐り堕ちる《デカダンス》の射撃バージョンとも呼べるものだった。効果範囲を矢の形に凝縮し、その通り道の時を一気に進め、全てを朽ち果てさせてしまう。腐り堕ちる《デカダンス》よりも更に範囲を絞っている為、その効力もより激しいものと化している。

――ヒュッ。

放たれた不可視の矢は、一寸の狂いもなくケルヴィンの心臓へと向かい、その寸前のところで静止した。あと数ミリでも直進すれば、ケルヴィンは急激な時の流れによって死に至るだろう。

「今は当たらなくとも、時が動き出せばそれで終わり。故に時魔法は最強なのです」

終幕を飾る最後のスイッチを押す為《ため》に、ドロシーは必要最小限の動作で、弓代わりにしていた杖をゆっくりと持ち替える。

「戦いを好むのであれば、どこかに遺恨は必ず残るもの。貴方は欠片も気にしていないのでしょうが、これは同胞である六柱が討たれた恨みを晴らす為の一撃です。さようなら、ケルヴィン・セルシウス。神人ドロシアラの名において、手始めに貴方を討つ。――時よ、動き出せ」

時間を止めた時と同様に、ドロシーが杖の底で再び舞台を叩いた。彼女の宣言通り、停止していた世界は元の摂理を取り戻し、何事もなかったかのように動き出していく。当然、ドロシーが放った黄泉飛ばす《モール》も、ケルヴィンの心臓目掛けて進撃を開始。意識の外からによる、必中不可避の完全なる不意打ちだ。ケルヴィンの死という形で試合は終了、そう確信するドロシー。だがしかし、眼前で起こった光景は、彼女が思い描いていたものと大分異なっていた。

「あっっっぶなぁっ!?」

聞こえて来たのは悲痛ではあるものの、生気を感じさせる叫び。密度を高める事で神聖天衣《ディバインドレス》を食い破り、ケルヴィンの心臓を貫く筈だった黄泉飛ばす《モール》は、その役目を果たしていなかったのだ。もっと具体的に言えば、ケルヴィンの左胸の表面、そして左肩を大きく抉《えぐ》るに留《とど》まっていた。

「ば、馬鹿なぁぶっ……!?」

それどころか、ケルヴィンはドロシーの目の前に一瞬にして現れ、彼女の顔面に猛烈な蹴りを食らわしていた。手加減なし、助走をつけて目一杯蹴った、本気の一撃である。逆に不意打ちを食らってしまったドロシーは、その勢いの余り、舞台の上を何度も跳ねながら後方へと吹き飛ばされてしまう。

「ま、まさか神聖天衣《ディバインドレス》を貫通して来るとはな。今のは今日一驚かされたわ……しかもさっきのアレ、予備動作も何も感じなかったぞ。完全に時を止めてたって事か? マジですげぇな……!」

時が動き出した直後、神聖天衣《ディバインドレス》の消失と身に迫る危険を無意識のうちに察知したケルヴィンは、ノータイムで魔力超過を織り交ぜた風神脚《ソニックアクセラレート》・Ⅶ《セプタ》を発動。アンジェ以上の速度となったケルヴィンは、そこより体を捻《ひね》る事で、矢の軌道から心臓を外していたのだ。

(見えなかったけど、体に覚え込ませていた類の攻撃だったたっぽいな)

加えて、不可視である故にケルヴィンも認識はしていないが、矢を模した攻撃であった点も、ケルヴィンが攻撃を回避するに当たって大きく寄与していた。如何《いか》に強力とはいえドロシーの矢は、常日頃から鍛錬で躱《かわ》しているエフィルの矢よりも、スピードと攻撃規模が劣っていたのだ。それこそケルヴィンは、ほぼゼロ距離からエフィルに矢を放たせ、その攻撃を躱すという馬鹿げた鍛錬を行っている。ならば意識外からの攻撃とはいえ、戦闘状態のケルヴィンが真正面から危機を察知し、行動を起こせない理由はない。

しかし、それでも完全に躱すには至らなかった。現在ケルヴィンの肉体は左胸から左肩にかけて、抉れる形で矢の通った道が残されている。不思議な事に傷口からは血が一切出ていないが、それでも重傷には変わりなかった。

（うげ、肩ねーじゃん。でもまあ、左腕はギリ動くか。よし、軽傷！）

……尤も、ケルヴィンは心臓が腐って消滅するよりかは、随分とマシであると判断したようだが。

「ふー」

ドロシーを蹴り飛ばしたケルヴィンは、その場で呼吸を整え始める。この試合で初めて攻撃を当てる事に成功した訳だが、ケルヴィンもケルヴィンで相応に負傷している。先ほどから負傷箇所に回復魔法を施しているのだが、なぜなのか傷口は治らなかった。いや、治療される速度が、著しく遅いというべきか。

ケルヴィンの顔面蹴りを食らう直前、ドロシーはこの攻撃は躱せないと判断して、回避を捨ててとある魔法を詠唱していた。それが杭留《タール》める、敵の傷口に呪いの如くかけ、傷口のみ時間を停滞させる魔法だ。つまり、それ以上傷を悪化させない代わりに、回復魔法などの治療手段も受け付けなくしてしまう。これにより、ケルヴィンがいくら回復魔法を唱えようとも、傷口は一切塞がらないという訳だ。

一方のケルヴィンも何となくその事を察して、それ以上回復を繰り返すのは止《や》めたようだ。代わりに、吹き飛ばしたドロシーの方へと視線を移す。

「つうか、お前随分と顔硬くない？　うちのジェラールを蹴ったような、鋼鉄みたいな感触だったぞ？」

「……女の子に対して、その物言いは少し酷《ひど》いですね。まあ、実際そうなんでしょうけど」

倒れた状態から逆再生をしたかのような、不気味な起き上がり方をするドロシー。ケルヴィンの攻撃は確かにクリーンヒットした筈《はず》なのだが、コキコキと首を鳴らす彼女は平然とした様子だ。ちなみに召喚士であるケルヴィンは自分が非力であると自称しているが、全力で蹴れば大木だって倒れるし、常人であれば首から上が吹き飛ぶ程度には威力がある。

（まさか、もう一つの固有スキルまで使う事になるとは。魔力ももう心許《こころもと》ない。となれば、これ以上の長期戦は避けたいところですが……）

（あの硬さ、純粋なステータスによるものじゃねぇな。勢いで蹴っちまったが、大鎌で斬った方が良かったか？　反省反省、猛反省）

睨み合う双方は杖と大鎌を構え直し、次なる手を模索する。未《いま》だ謎めいた能力を残すも、魔力の枯渇が激しいドロシー。未知の戦いに喜び勇むも、治療不可能な傷を負ってしまったケルヴィン。戦いはいよいよ終盤へと突入する。

◇　◇　◇

ほんの数秒ほどの対峙、熟考――その最中に二人が選び出した戦術の答えは奇《く》しくも同じもの、接近戦による肉弾戦であった。

「「ぐっ……！」」

互いに杖を放り投げ、真正面からの突貫、繰り出される拳、綺麗《きれい》に決まるクロスカウンター。そんな状態になろうとも二人は一切止まろうとせず、殴っては殴られ、蹴られては蹴り返しの熱い格闘戦が勃発。召喚士と魔導士という、共に後衛職とは思えないこの展開に、周囲の者達は驚きを隠せないでいた。

「お、おいおい、舞台に何か生えたかと思えば直《す》ぐに崩れて、今度は殴り合い？　一体どうなっているんだ!?」

「というか、杖は？　何で殴り合っているの？」

尤もそれ以前に、そこまでに至った経緯を理解していない者が殆《ほと》んどな訳だが。

「え？　あっ、殴り合い、ケルヴィンさんにドロシーさん、殴り合いを始めてしまったぁー!?　というか、展開が速過ぎて実況が追い付かずッ！」

「それは最初の試合からでしたね」

「ですねっ！　頑張れ私、頑張れ観客の皆さん！　どちらが笑っても、これが最後の試合です！　目が乾いてでも、限界まで目をかっぽじれぇー！」

　あまりに速い試合展開であったが為に、この試合中ランルルは喋《しゃべ》る暇もなく止まっていた。が、長い肉弾戦に移行した事で、漸《ようや》く現状を理解できるようになったようだ。まあ前述の通り、理解と言っても解説のミルキーでさえ、残像のみしか見えていないのだが。

「ははぁっ！　良いねぇっ！　策の講じ合いもっ！　好きだがっ！　こんな大喧嘩《おおげんか》もっ！　また良しっ！」

「無駄にっ！　喋っているとっ！　舌を嚙《か》みっ！　ますよっ！　ですからそのままっ！　嚙みちぎれぇっ！」

　互いが敵をぶん殴り、蹴り上げ、急所を貫く。そんな遠慮のない物理攻撃が飛び交う様は、やはり魔法を嗜《たしな》む者同士の戦いとは思えないものだった。ただ、二人がこのような戦いに挑んだのには、もちろん理由がない訳ではなかった。

　ケルヴィンの場合、まず第一に警戒しているのは、時間を操るドロシーの時魔法だ。遠距離から魔法や大鎌の斬撃を飛ばして攻めるには、ドロシーの急加速《はやおくり》を捉える事ができない。加えて、またいつ時間を止めて来るかも分からないともなれば、極力ドロシーに大魔法を詠唱させる隙を与えないのが最善であった。ドロシーの速度に対応ができ、かつ攻撃が確実に当てられ、余計なインターバルを与えない――それらを考慮した結果、この肉弾戦が最適であると判断した訳だ。

対するドロシーの場合、一番懸念すべきは魔力の枯渇だった。ケルヴィンの殺害こそ失敗したが、先に詠唱した堕ち尽く《エテルネル》は、ドロシーが持つ時魔法の中で最も魔力を消費する、強力なものだった。それこそ今の彼女に残された魔力では、堕ち尽く《エテルネル》の二度目の使用ができないほどである。では回復薬を使うなどして、魔力を回復させてはどうか？　という選択肢もあるにはあるが、ドロシーは見た目相応に小食であり、メルのように一瞬でそれらを飲み干す事はできないのだ。そんな事をしていては、自らケルヴィンに隙を見せつけるようなもの。彼女は残された僅かな魔力で戦わなくてはならず、無駄に魔力を消費する事もできない苦境に立たされていた。その上で打開策を熟考した末、最善策であると考えついたのが、とある固有スキルと生き急ぐ《ヴィーヴル》での早送りを要所要所で使う、この肉弾戦だったのである。

「が、あっ！」

「ぐう……！」

セラより学んだ格闘術を活《い》かし、多重衝撃を籠めた拳をケルヴィンがドロシーに叩《たた》き込む。所謂《いわゆる》レバーブローとされるその攻撃は、妙に硬いドロシーの鋼《はがね》の肉体へ幾度も衝撃を与え続け、内部へ内部へと打撃を浸透させていく。鉄仮面の表情を保っていたドロシーにも、流石《さすが》に苦悶《くもん》が見受けられてきた。

しかし、ドロシーもそのタイミングでケルヴィンの顎を目掛け、踏み込みの利いた鋭い打撃を浴びせていた。耐久面と同じく、鋼鉄の肉体は拳にも適用されている。見た目はか弱くとも、その実、全身鎧《よろい》のジェラールに本気で殴られたかのような感触は、ケルヴィンの脳を揺らす大きな要因となっていた。

「おーっと、これは目まぐるしい戦いになりました！　残像ですら見えない双方ですが、聞こえて来る凄《すさ》まじい打撃音でやべぇ事になっているというのは、何とか分かります！とてもではありませんが、最初に杖《つえ》を持っていた人達《たち》だとは思えなーい！　解説のミルキー教官、これは今のところ、全くの互角と言っても良いのではないでしょうか!?」

「……いえ、恐らくではありますが、互角ではないのではないかと」

「えっ？」

そう言ったミルキーであるが、彼女も周りと同じく、この戦いの全てを見極めている訳ではない。ただ、朧気《おぼろげ》に見える二人の戦いにおいて、敵に与える攻撃の手数には、かなりの差があるように思えていたのだ。そして、彼女の予想は正解を引き当てていた。

（これは、不味《まず》いッ……！）

心の中でそう嘆いていたのは、他でもないドロシーであった。壮絶かつ激烈な接近戦は、一見互角に渡り合っているように思える。が、それはあくまでも、雰囲気でしか観戦する事ができない観客達の感想だ。実際にはドロシーが一打入れるまでに、彼女はケルヴィンから二打を食らっていた。

このようになったのには明確な理由がある。残り少ない魔力で生き急ぐ《ヴィーヴル》を要所でしか使えないドロシーと、魔力を一切気にせず常時風神脚《ソニックアクセラレート》が使い放題の魔力馬鹿《ケルヴィン》とでは、全体的なスピードに差があり過ぎるのだ。というよりも、魔力超過を施した風神脚《ソニックアクセラレート》の方が純粋に速いが為《ため》に、そもそも手数では勝負になっていない。

更に致命的なのが、ケルヴィンがセラの如《ごと》く格闘術に魔法を乗せられるのに対し、ドロシーはその術《すべ》を持たないという事だ。ただの打撃と魔法を乗せた打撃とでは、どちらが強いかは一目瞭然だろう。

そして実のところ、唯一勝《まさ》っていると思われていた鋼鉄の肉体も、さして有利に働いていなかったりする。ケルヴィンは鋼の攻撃の防御策として、攻撃を行う拳や足以外の体の表面に、薄く粘風反護壁《リヴエカウンターガム》を展開させていた。ゴムの如く弾力と反発性を持つこの障壁は、ドロシーが放つ打撃の威力を弱体化させ、攻撃の軸を反らす事で彼女のバランスを崩す事にも繋《つな》がっている。つまり、最初こそ有効打として働いていた鋼の攻撃も、今となっては大した脅威にはなっていないのだ。

（このままではジリ貧、ならば――）

――ならば、多少なりとも無理を通さなければ勝機はない。覚悟を決めたドロシーは、遂《つい》に最後の足掻《あが》きに出る。

「ッ……！」

ケルヴィンが攻撃を放つ瞬間を見極め、そのタイミングで杭留める《タール》を解除。胸と肩を抉《えぐ》っていた深手が時を取り戻し、それと共に止まっていた血液も一気に流れ始める。

（攻撃を、受けようとも……！）

直後にケルヴィンの攻撃を食らうも、ドロシーは歯を食いしばってカウンターの貫手《ぬきて》を放っていた。狙うはもちろん、ケルヴィンの負傷箇所である心臓部だ。如何《いか》にケルヴィンが回復魔法を使えようとも、この拳で傷を抉り、先に心臓を潰せば勝負は決する。残る魔力を振り絞り、攻撃への移行を早送りで最大加速。鋼と化したオープンブローは、正にドロシーにとっての執念の一撃であった。……しかし。

「剛黒の黒剣《オブシダンエッジ》」

突如として彼女の足元より生えて来た一本の巨剣によって、突き出した貫手が遮られてしまった。貫手は巨剣の剣身を砕くも、その奥にていつもの笑顔を見せるケルヴィンには届かない。

もう彼女に時魔法を使うほどの魔力はなく、体内に蓄積したダメージにより、傍《はた》から見ても立っているのがやっとの状態だ。最早《もはや》手立てなし、ケルヴィンの並列思考の一つもそう思い始めたその時、どこからともなく紙をめくる音がした。

「……『自害せよ』」

◇　◇　◇

世界を護《まも》る最後の盾、そして魔を退《しりぞ》ける神の刃《やいば》として創造されたのが、神柱である私達だ。全能の母である転生神エレアリス様は、世界各地に十の神柱を打ち立てた。神鯨ゼヴァル、神竜ザッハーカ、神機デウスエクスマキナ、神狼《しんろう》ガロンゾルブ、神鳥ワイルドグロウ、神霊デァトート、神蛇アンラ、神蟲《しんちゅう》レンゲランゲ、神獣ディアマンテ——そして、最後にこのルミエストの地に創造されたのが、この私、神人ドロシアラだった。

私達に与えられた使命は、今後永遠に続いていくであろう次代の勇者達の戦いに、自らが魔を断つ事で力添えしていく事だ。奇跡的にルミエストが争いとは無縁の土地であった為か、これまで私が使命の為に目覚める機会はなかったが、休眠状態にあるその中でも、同胞達がその大義を果たしていくのを、本能的に感じる事はできていた。それら華々しい戦果を同胞として誇らしく思えたのは、少なくともこの段階で、人間としての素質があったからだと思う。だって、人間とは感情に富み、繋がりを大切にするものだから。……けど、結果的にその繋がりが、私の心に黒いものを抱かせる事になってしまう。

他の神柱の状態を知る事ができた私は、あるタイミングを境に、彼方《かなた》で同胞達に良くない変化が起きている事に気が付いたんだ。正常であったものが狂わされて、段々とおかしくなっていくような、そんな変化だった。言ってしまえば、同胞達に人為的なバグが生じたんだと思う。魔の者に敗北し、破壊された訳ではない。けれど、私にとっての唯一の繋がり、その尊厳が冒されるのは、本当に耐え難く辛《つら》いものだった。日に日におかしくなっていく同胞達を、私は彼方から見ている事しかできなかった。

それから次第に私の心は病んでいき、ふつふつと怒りの感情が芽生えるようになっていった。一体誰がこんな事を。よくも同胞達を。そんな風に正体も分からない敵を相手取って、気が付けば心には強い負の感情が積み上がっていた。

『あら？……貴女《あなた》、ひょっとしなくても心をお持ちですね？　それも、憎しみに塗《まみ》れた大変に人間らしい心を。これは驚きです。これまでの神柱はただ機械的に使命を全うするだけで、余分な感情など持ち合わせていませんでしたのに』

そんなある時の事だ。ふと、誰かからそんな言葉を投げ掛けられた。しかも実際の言葉ではなく、私の意識に直接語り掛けて、である。動揺はしていたと思う。けど、それ以上に心に燃え広がる何かが生じていた。遂に私のところにも来た。こいつだ、こいつが同胞達を狂わせたんだと、理由もなく確信した。

……今思えば、もう既に私は道化だったのかもしれない。最初から気付くべきだったんだ。けど、私の心は積み上げて来た怒りで、それどころではなかった。敵が邪悪な存在であれば、柱に奴《やつ》が触れた瞬間に私は覚醒する。その瞬間が私の誕生、復讐《ふくしゅう》の始まり。そう考えながら身構えたりもしていたんだけど、結局、私の覚醒は一向に起こらなかった。

『エレアリスが設計をミスした？　ああ、いえ、違いますね。確かこの神柱は、まだ覚醒した事がなかったのでしたね。彼女は現世に降りて来られないから、そもそも神柱の中身も確認できていない。なるほど、納得です。それにしても、フフッ。何に育つか分からない手法だったとはいえ、まさか人間が元になってしまうだなんて、あの女神は想像もしていなかったでしょうね。大方、周りの学徒の気に当てられて、そのような心が後天的にもたらされてしまったのでしょうが、正に喜劇としか言えません。そのようなもの、神柱にとっては不要ですもの。ですが、私にとっては僥倖《ぎょうこう》です』

　奴は私達神柱の特性を知っているばかりか、創造主であるエレアリス様についてもよく知っている風だった。直接触れず、だけど私の中身を、怒りを、正確に読み取っていた。

そしてこの時になって、漸く私は察した。

『神柱全てにバグをもたらし、エレアリスの権威を失墜させるつもりでしたが、貴女は別、そのままの状態にしておきましょう。戦《いくさ》の種はいくら撒《ま》いても、あったに越した事はありません。その負の心、大事に大事に育ててくださいね？　きっとそれは、貴女にとっての大きな力になりますから。これ、同族としてのアドバイスです』

　この正体不明の敵は、私の怒りどころではない、もっと強大な闇を抱えていた。世界に絶望した上で、尚《なお》も世界を欲している。私に僅かに宿っていた神の因子が、さっきから最大級の警報を鳴り響かせていた。格が違い過ぎる。私の怒りは一瞬にして風前の灯となり、彼女に畏れさえも抱いてしまった。

『今後私自身が関わる事はないですし、果たして出番があるかどうかも定かではありませんが、仮にその時が来たら、私にその想《おも》いをぶつけに来なさい。或《ある》いは、そう、私の夫に八つ当たりしても良いですよ？　折角ですから、夫の情報を教えて差し上げますね。忘れぬよう、貴女の記憶に書きこんでおきましょう』

そう言った彼女は、どうやったのか私の脳内に、一人の男の映像を映し出した。そして、加速する。男の情報のみが記された分厚いアルバムが何十冊も並べられるが如く、それらの情報が一気に私の中を巡って行ったのだ。

『彼の名はケルヴィン、私にとって最愛の人です。言葉では表せないほどに男前で、優しくて強くてユーモアに溢《あふ》れていて、あらゆる面で魅力に溢れているんです。ええ、それはもう、絶対に彼以上の男性は存在しないほどに。遠い未来、このケルヴィンが貴女の同胞を破壊するかもしれません。その時、果たして貴女はどんな感情を心に秘めるのでしょうね？　憎いですか？　憎いですよね？　なら、貴女が目覚めた時に彼を止めないと』

私の心にあった黒い部分の矛先が、全てこの男へと向かって行く。挫《くじ》けそうだった心が、あろう事か敵に癒され、更なる負を連鎖させていく。

『この憎しみの種が一体どのタイミングで開花するのか、不謹慎ながら楽しみにしている自分がいます。私の前座として朽ち果てるのか、それとも万が一の事が起こり、あなた様を楽しませる保険として、それなりに機能するのか――ああ、まだそこにいたのですか。待つ時間は長いのです、もうお眠りなさい。貴女が必要とされる、その時が来るまで……』

私の記憶に残っている、女の最後の言葉がそれだった。

――以降、狂ってしまった同胞達が破壊される度に、以前にも増して私の心は黒々としたものを宿していった。最早そこに理性はなく、ただただ同胞の仇《かたき》を討つ為の復讐鬼と化していったんだ。殺す、ケルヴィンは殺す。そう心の中で何度も何度も反復させる。……やはり、私は道化であった。

次なるターニングポイントは、私が覚醒してからの事だった。私の頭の中で一杯になっているケルヴィンだったら良かったのだが、残念な事に私の眼前にいたのは、どこの誰とも知らない男だった。堕天使という種族自体は物珍しかったが、ただそれだけだ。事実、あの女ほどの脅威は全く感じさせず、生まれたての私でも余裕ですり潰せる程度の存在だった。本来であれば使命に従い、私を覚醒させたこの男を滅さなければならない。けど、私はケルヴィンを殺す事を何よりも優先していた。だからこそ、ケルヴィンを私の手で仕留めるという、この男の提案に乗ったのだ。

それから、ここまでに至る過程は嫌になるくらいに長かった。ホラスという名のその男の資金援助を受け、目覚めた先にあった学園に目立たない成績で入学し、とある機会を得てケルヴィンと接触する。当てもなく世界中を自力で探すよりかは現実的だったけど、人としての常識を身につける等々、本当に面倒で厄介で、私の積み上げて来た心が萎えないか、それだけが心配だった。けど、私は耐えた。やり遂げたんだ。私は心に闇を抱えたまま、だけれども誰にも悟られる事なく無事に入学を迎える事ができた。後は対抗戦に現れるであろうケルヴィンを、生徒という立場を利用して好きなように暗殺――などと、入学式の最中に考えていた、その時である。

『やっ、隣失礼するね』

その声を耳にした途端、私の黒き心は浄化されてしまった。

◇　◇　◇

(今のは、走馬灯……？　いえ、こんな余計な思考ができている時点で、死んではいないようですね……ですが、ええと……)

暗転したドロシーの視界に、徐々に光が戻って行く。朧気《おぼろげ》な思考の中で自らの状態を確認、脳だけでなく体の感覚までもが曖昧で、未《いま》だに夢見心地な気分だった。直前まで自分が何をしていたのか、なぜ今に至っているのか、いまいち記憶が曖昧であるらしい。

「決ま――ルミエ――対抗――勝者――」

遠くの方で、誰かが何かを話している。耳に入って来るのは断片的な単語だけで、その内容までは頭に入って来ない。ただ、視界の方は段々と回復して来ている。それまでにあった靄《もや》が晴れ、雲一つない青空がドロシーを出迎えてくれた。

「……空？」

「ん？　そりゃあ、外で仰向《あおむ》けに寝てれば、空も見えるだろうさ。おい、大丈夫か？」

吸い込まれるような大空の端から、見覚えのある死神顔がひょっこりと現れる。これはあまり目にしたくない顔ではあったが、それを視界に入れたお蔭《かげ》でドロシーの頭は瞬時に覚醒。そしてなぜこうなったのかを、何となく理解させてくれた。

「ハァ……私、負けたのですね？」

「ああ、物騒な言葉と共に倒れてくれたからな。おい、立てるか？」

ドロシーに手を差し出すケルヴィン。既にケルヴィンの傷は治癒しているようで、肩に開けた穴も塞がっていた。彼女はその手を少し訝《いぶか》しんだ様子だったが、意外にも直《す》ぐにそれを握るのであった。

「おっとー!?　見事勝利に輝いたケルヴィンさんが、ドロシーさんに手を貸したぁー！　これは美しい光景です！　正に殴り合った後の友情だぁー！」

ケルヴィンの手を借りドロシーが立ち上がると、舞台の外よりランルルの実況が聞こえて来た。ああ、さっき聞こえて来た声は、彼女のものだったのかと納得するのと同時に、何とも大袈裟《おおげさ》に言ってくれるものだと、ドロシーは呆《あき》れてしまう。

「実況席もああ言ってくれているんだ。ほら、笑顔を作って観客に手を振れ。そうすりゃ、収まるところに収まるだろ」

ドロシーにのみ聞こえるような小声で、ケルヴィンがそう呟《つぶや》いた。

「……私を助けるつもりですか？　貴方《あなた》を殺そうとした、この私を？」

「まあな。お前、能力も実力も将来有望そうだし。ただ、実戦における経験が圧倒的に足りていない感じだった。次に俺を殺しに来る時は、その辺を鍛え直して来てくれ。楽しみに待ってるからさ」

「は？……あの、言っている意味が分からないのですが？」

「いや、だってお前、リオンの友達なんだろ？　実際に戦ってみた感じ、リオンとも良い勝負だと思うぞ？　実力伯仲《はくちゅう》、実に良い事じゃないか。これからも末永く仲良くしてもらいたいものだ」

「……」

予想もしていなかったケルヴィンの台詞《せりふ》に、言葉を失い唖然《あぜん》としてしまうドロシー。それまで仕方ないといった風に手を振っていた彼女であったが、その手も止まってしまっている。

「……友達だから、殺さないと？　本当の友達かも分からないのに？　貴方を殺す為《ため》に近づいたのに？　それに、また殺しに来いだなんて……本当に意味が分かりません、本当に……」

「ハッハッハ、これで意味が分かったら、お前も理知的なバトルジャンキーの仲間入りだよ。安心しろ、うちの家族は日常的に俺を殺しに来てるから、そこにお前一人が加わったところで何も変わらん。ほら、背後から首を狙いに来たり、酷《ひど》い寝相からの組技をされたり、酔った勢いであれこれされて窒息しかけるとか、よくあるだろ？」

「ないですよ！　どんな家族ですか!?」

そんな家族である。

「そ、それに、そういう事ではないでしょ！　私は、リオンさんを騙《だま》して――」

「――それで良いんだよ、別に。少なくとも、リオンは未だに友達だと思っているみたいだからな。俺はお前と直接殴り合ったが、学園で一緒に過ごした時間は、リオンの方が長いんだ。俺はリオンの信じるものを信じさせてもらうよ」

「ッ……！」

そう言って戦闘の時とは違う笑顔を見せるケルヴィンに対し、ドロシーは自分の気持ちが分からなくなっていた。この気持ちが一体何なのか、困惑するばかりだ。

「ああ、もちろんお前がどこの誰で、何の目的があって俺を狙ったのか、その辺は調べさ

せてもらうけどな」

「……その点だけは当然の対応ですね。一つお伺いしますが、私が最後に放った言葉、アレを聞いて何ともなかったのですか？」

「ん？　あー、『自害せよ』ってやつか？　呪いの類だったんだろうが、俺には効かなかったみたいだ。うちのカミさんが作った装備、状態異常に耐性を持ってるからさ。まあ完全にって訳じゃないから、お前の時魔法はガンガン効いたけどな。あ、もしかして俺じゃなくて、観客が無事だった理由が知りたい感じ？」

「ええ、まあ、そちらもそうですね。私、結構声を張り上げて言ったつもりでしたから」

「んー、そっちは俺もよく分かっていないんだが……多分だけど、アート学院長の演奏が防いでくれたんじゃないかな。お前が呪いを置いて気絶した直後にさ、突然ジャジャーンって音をアートが鳴らしたんだ。皆ビックリしていたけど、アートは勝利のファンファーレを奏でたとか、そんな事を実況解説に乗せて言ってたよ。あのクソでか演奏で、お前の言葉は掻《か》き消されたんだと思う」

「なるほど、あの学院長が……フッ、悉《ことごと》く読まれていましたか。S級冒険者とは、侮り難いものですね」

　どこまでも完敗、そして一周回って清々《すがすが》しくなったのか、ドロシーの表情には僅かな笑みがこぼれていた。

「……あの呪いの言葉、私の固有スキル『英雄想起』で作り出したものなんです。ついでに言うと、肉体が鋼鉄のように硬化していたのも、その能力のお蔭です」

「おいおい、突然ぶっちゃけたな？」

「今でないにしても、私から情報を引き出すつもりでしょう？　なら、遅かれ早かれいずれ言う事ですので」

「あらら、やけに素直になったもんだ。……その固有スキル、戦闘中に宙に浮かべていた、あの本に関係しているのか？　チラッと確認させてもらったけど、アレってトライセンの本だよな？　前の魔王騒動について書かれた、まとめ本みたいなやつだったが」

「ええ、その通りです。『英雄想起』は一冊の本を対象として、そこに記載されている偉人の固有スキルを借りる事ができるんです。今回私が借りていたのは魔王ゼル・トライセンの『王の命』、そして鉄鋼騎士団のダン・ダルバ将軍が持つ『鉄心』という能力でした。一度に一つの固有スキルしか使えない為、一々切り替えていたんですけどね。どの場面で使っていたのかは……まあ、貴方なら説明するまでもないでしょう？」

「まあな。しかし、はぁー、時魔法に加えて、そんなもんまで持ってたのか。ふーん」

ドロシーにますます興味を抱いてしまったのか、ケルヴィンの瞳が邪悪に輝き始める。ドロシーはそんなケルヴィンを視界に入れないよう努めた。

「なあ、もう一つ良いか？」

「あまり良くないですが、何ですか？」

「俺を殺したかったのなら、こんな公の場で対決なんかせず、最初から暗殺なりなんなりすれば良かったじゃないか？　俺としてはそれも歓迎だし、少なくとも真正面から試合に臨むより、勝てる見込みはあったと思うぞ？」

「それは、ええと……」

　ケルヴィンの問いに言葉を詰まらせるドロシー。それから考えるような仕草をし、何かを頭の中で噛《か》み砕いていく。数秒ほどして、彼女は納得したように顔を上げた。

「……何でもしてやろうと思っていた憎しみが、友達に浄化されてしまったのかもしれません」

「へ？　何だ、その変な理由は？」

「貴方が理解できなくとも、そんな理由なんですよ、多分。あ、でも付け加えるとすれば、貴方の娘さんに少し意地悪をしたかった気持ちもあったかも。なぜなのかは、私もよく分かりませんが」

「あ？　ぶっ殺すぞ？」

　唐突にマジな殺意を向け始めるケルヴィン。但しドロシーはこの反応を予想していたのか、何食わぬ顔で受け流している。

「ったく、あまりつまらない冗談を言ってくれるなよ？　ああ、そうそう。言い忘れてたけど、お前が気絶している間に、ちょっとした細工をさせてもらった」

「細工？」

「うん、細工。生かす選択をした上で、後々に俺以外の奴《やつ》にちょっかいを出されても困るからさ、お前の心臓に鷲摑む風凪《ハートカーム》っていう、緑魔法と白魔法の合体魔法を施したんだ。何、そう心配する事はないさ。普段は治癒能力と自浄作用を強めるっていう、むしろお前にとって良い働きをしてくれる。気絶してから、思いの外目覚めるのが早かっただろ？　それ、実はこの魔法のお蔭なんだよ」

「……普段は、というと、それだけの魔法ではないんですよね？」

「もちろん。俺以外の奴に殺意を伴うほどの危害を加えようとした時に、問答無用で心臓を切り刻むから、その点だけは気を付けてくれ。いやあ、合体魔法って調整が難しくってさ、良いタイミングで被検体——コホン！　テストに協力してくれる人が現れてくれて、本当に助かったよ」

「……」

やっぱりこいつ嫌いだ。ドロシーは心の底からそう思った。

◇　◇　◇

学園都市ルミエストと冒険者ギルドの代表者達《たち》が集う対抗戦は、非常に僅差の戦績で冒険者ギルド側が勝利を収める結果となった。例年と比較にならないほどにレベルが高く、そして接戦が繰り広げられた今年の対抗戦に、集まった関係者や外で観戦していた者達は大いに盛り上がり、学園が企画するイベントとしても大成功に終わったと言えるだろう。トリとなるバトルで完全なるダークホース、ドロシーと戦えた俺も大満足である。閉会式が終わっても歓声は止《や》まず、少なくとも今日一日は彼らの興奮が収まる事はなさそうだ。

「おいおいおい！　今年の対抗戦って、ガウンの獣王祭にも劣らない内容だったんじゃないか!?」

「昨年、ガウンの地にて獣王と桃鬼《とうき》の決勝を、この目で直《じか》に見たワシには分かる！　今日行われた五試合全てが、あの時の感動に匹敵するものであったと！」

「冒険者ギルド側のメンバーはS級冒険者が殆《ほとん》どだったから、まだ理解できる。だが、それよりも驚くべきはルミエストの生徒達だ！　結果として負けはしたが、S級冒険者を相手に実力伯仲だったのは間違いない！　これは新たな時代の波が来るぞ！　本国に帰還次第、何としてもこの情報をお伝えしなくては……！」

「卒業次第、我が国の有力者と婚姻を結ぶ形がベストではあるが、今年のメンバーは全員がまだ一年生であると聞く。かつて在籍していた神皇国デラミス、軍国トライセンの姫君達の時を考えれば、飛び級も考えられる。むう、卒業タイミングの予測と関係を結ぶ機会の構築、どちらも見誤れんな」

「あまり軽率な事を言うべきではありませんわ。実力があるだけじゃありませんの。あの生徒達のバックに控えるは、どれもこれもが大国ばかり。下手に手を出すのは下策でしかありませんの」

「ああ、我々のような中小国が安易に関われる相手ではない。S級冒険者と同等とは、つまりその生徒一人で一国の軍隊とも対等以上に渡り合えるという事だ。僕にはとてもじゃないが、手綱を握る自信がないよ」

「エドガーは見つかったか？　発見でき次第、余の下へ呼び出すのだ。彼奴《あやつ》も最低限の理解はしていると思うが、尊大な態度で接する事のないよう、今一度徹底させる必要がある。でなければ、我が国もトライセンの二の舞になるぞ」

「しょ、承知致しました！」

「そこまでの心配は、流石《さすが》に不要では？　エドガー様は次代のレイガンドを継ぐ偉大なるお方、国内のように誰彼構わず口説く事は……む、少し怪しいかもしれませんな」

とまあ、こんな感じだ。各国のお偉いさんが揃《そろ》っているだけあって、驚きと共に如何《いか》にして関係を築くか、その点を考えているコメントが多い気がする。まあ、そんな大声で聞こえるように言うなって話でもあるが。何はともあれ、婚姻とか言い出した野郎の顔と、エドガーとかいう生徒の名前は記憶に刻んでおく。なぜって？　いや、分かるだろ？

「閉会式、参加するよな？」

「……分かってます」

その後、ドロシーは特に暴れる事もなく、大人しく閉会式に参加してくれた。行方不明であるうちの総長以外の両出場メンバー、その全員が舞台へと集まり、諸々《もろもろ》の訓示や学院長の挨拶を経て、対抗戦は終了する。ちなみに舞台を覆っていた特殊な結界は、ベルが能力を使って耐久性の色を薄め、見事な蹴りと共に破壊してくれました、まる。

◇　◇　◇

「今日の対抗戦は大成功だった。それもこれも、試合に全力を尽くしてくれた皆のお蔭《かげ》だよ。改めて礼を言わせてくれ。本当にありがとう」

ルミエスト学院長のアートが、どう見ても女性にしか見えない綺麗《きれい》な笑顔を浮かべながら、そんな台詞を言い出した。俺は周りの皆と顔を見合わせる。いや、そうじゃないだろ、と。

今この場、アートによって案内された客室には、閉会式の面子《メンツ》をそのまま移動させて来たようなメンバーが集合している。リオン達はもちろんの事、冒険者ギルドから派遣されたS級冒険者も揃い踏みなのだ。クロメルも無事だったようで、今はサイズが合わないソ

ファの上に、ちょこんと座っているところだ。うむ、今日も実にプリティー無事で何より
襲撃した犯人は殺す……！

……ん？　そういえば、相変わらずシン総長の姿が見えないな。

「アート学院長、何で俺達冒険者までここに招待してくれたんです？　対抗戦の反省会をするのなら、別に俺達ギルド側は不要なのでは？」

「まあまあ、そう結論を焦らないでくれ、ケルヴィン君。実を言うとね、礼を述べると同時に、君達冒険者ギルドに謝罪しなくてはならない事があるんだ。それは――」

「――最後の試合でケルヴィンと戦った、そこの小娘の事かい？」

「ご名答、その通りだ。流石は『女豹《めひょう》』、なかなか鋭いね」

「ハッ、急にメンバーが変更になったんだ。おかしく思わない方がどうかしてるよ」

ソファの背もたれに深々と寄りかかりながら、バッケが吐き捨てるようにそう言い放つ。

まあ、そこは俺達の共通認識だよな。俺としては嬉《うれ》しい誤算だったから、むしろこっちから礼を言いたいくらいだけど。

「む、むう……」

でもバッケ、話し合い相手はアートの筈《はず》なのに、視線は何で正面に座る男子生徒に向かっているんだ？　向こうも何だか気まずそうだから、そういう邪《よこし》まな視線を向けるのは止めとけって。

「ああ、表向きは私からのサプライズであると言ったが、実際はそうではない。最初からドロシー君が対抗戦に出る予定なんてものはなかったんだ。彼女が現れたと同時に展開された紫色の結界についても、学園は一切関与していない。これは言い訳ではなく、事実を共有してもらう為《ため》の情報提供だ。その辺は勘違いしないでほしいかな」

「んんー？　つまりぃ、彼女が何者であるのかぁ、そしてぇ、何が目的だったのかを、協力関係にある冒険者ギルドと共に明らかにしたいとぉ、そう言いたい訳かしらん？」

「そう解釈してくれて構わないよ」

「ドロシー以外にも、学園内で怪しい行動をしていた奴がいたみたいですからね。確かに仲間は多い方が良い。というか、ドロシー以外の奴らもそんなに強かったんですか、学院長？」

「うん、何でそんなに嬉しそうな顔をしているのかな、ケルヴィン君？　教育によろしくない態度を取るのは、バッケ君だけでもう十分だよ？」

「!?」
バ、バッケと同列扱いにされた、だと……!?
「一転してしかめっ面になったわね。うけるわ」

「前々から思ってたけど〜、S級冒険者って変人ばっかかじゃん？」

「ベル君、ラミ君、客人に対してその言い方はないだろう？　それにその理屈だと、私まで変人になってしまうぞ？」

「「「……」」」

一同、怪訝《けげん》な表情と共に一斉に沈黙。抜かすなぁ、この金ぴかな服装の変人。

「冗談はさて置き、だ。現時点での調査でも、想像以上に根深い問題がある事が分かっていてね、正直学園だけでは対処できそうにないんだ」

「なるほど、取《と》り敢《あ》えず事情は把握しました。それで、捕まえた他の奴らはどこに？　ドロシーはここにいますが……」

ちなみにであるが、ドロシーはリオンの隣で大人しく座っている。俺が施した鷲掴《ハートカーム》む風凪でもう悪さはできないし、それ以前にする気も感じられないので、縄で縛ったりなどは特にしていない。外見通り実に大人しいものだ。

「ついでにシン総長もいないわねん？」

「ああ、何を隠そう対抗戦の最中、彼女が主軸となって学園に潜むネズミ達を退治して回っていたものでね。そろそろ来ると思うのだが――」

――コンコン！

「失礼しまーす、教官のアーチェです！　冒険者ギルドのシンジール様にパウル様、そのお連れの方々がお見えになりました！」

っと、噂《うわさ》をすれば早速か。アートが部屋へ入るよう指示すると、勢いよく扉が開かれる。

次いで眼鏡をかけた女性が、これまた勢いよく入室。どうやら彼女は見た目以上にアクティブな性格であるらしい。うーむ、体も相当に鍛えているな。危うくヨダレが垂れるところだった、危ない危ない。

◇　◇　◇

「失礼するよ」

「入るぜー」

アーチェさんの身体能力に関心を寄せていると、シンジールとパウル君が入室して来た。二人で何かを引き摺っているようで、大柄な体格の何者かもズルズルと共に入室。某捕らわれた宇宙人のような体勢になっていたので、一瞬吹き出しそうになってしまったが、何とかこれを我慢する。

我慢した上で、引き摺《ず》られて来た彼の様子を確認する事にした。かなりの巨体を誇っているのだが、全身が脱力した状態だ。白目をむいて意識がない。いや、それよりもまず気にするべきは、全身が何やらヌメッている事だろう。まるでタコやウナギを詰め込んだ水槽に落とした後かの如《ごと》く、粘液が全身に纏《まと》わりついているのだ。大柄だったりヌメッたりと、シンジール達もここまで連れて来るのに苦労しただろうに。……で、この人誰よ？

「な、なんと、ホラス教官ではござらんか！　なぜにこのような無残な姿に!?」

そんな事を考えていると、ござる口調の眼鏡の生徒がタイミング良く教えてくれた。ルミエストの教官だったのか、なるほどなるほど。……で、何でござる口調なのよ？

「彼の名はホラス・アスケイド、長年教官としてルミエストに勤めていた者だ。そして、今回の件の主犯でもある。それで間違いないかな、ドロシー君？」

「……はい、間違いないです」

「ほう、つまり主犯かつクロメルを襲った暴漢という訳だな？　よし、なら俺が止《とど》めを刺しても良いかな？　良いよな？」

「良くないでーす。クロメルさんのパパさん、少し落ち着いてくださいね？」

「ああ、愛娘《まなむすめ》に危険が及んだからと言って、早計に殺《あや》めてしまうのは頂けないな。生徒達の前だぞ？」

俺が杖《つえ》を片手にソファから立ち上がると、アーチェ教官とアートに速攻で止められてしまった。

「いや、流石に半分は冗談だって。信用がないな」

「残り半分が本気という時点で、警戒するに値するだろうに。さて、ケルヴィン君が先走る前に、事の詳細について情報共有しておこうか」

だから、先走らないと。そんな俺の思いを無視する形で、アートによる情報共有が開始される。俺、ちょっと不服。

とまあ冗談の冗談はさて置き、対抗戦最終試合を控えていたクロメルを襲撃したのは、このホラスという教官で間違いないらしい。彼は堕天使という特殊な種族にあり、神話時代の神々の戦いの際、邪神と呼ばれる悪い神の下で戦った天使達《たち》の末裔《まつえい》に当たるのだという。気が遠くなるほどの長い間、彼らは世界各地に身を潜めていたのだが、このタイミングで一斉に邪神復活に向かって動き出したんだとか。

「天使の最大の特徴である頭の輪、そして翼は任意に消す事ができるからね。ホラス教官をはじめとして、他の堕天使達もそうする事で社会に溶け込んでいったんだろう。天使の妻と子を持つケルヴィン君なら、私達よりも理解が深いのではないかな？」

「まあ、そうですね。そのままの格好だと何かと目立つので、普段は妻もクロメルも、翼などは消すようにしていますよ」

「出しっ放しだと、魔力も余計に消費しちゃうので、です」

可愛《かわい》いクロメルの補足。可愛い可愛い超可愛い久し振りに見ると尚更《なおさら》可愛い。

「ほーん？　それにしても、アンタらよくこの男を無力化できたね？　見た感じ、こいつはA級以上、S級未満くらいの強さはあると思うんだが。その上、情報も引き出してると来たもんだ。なるほどねぇ、アンタらも対抗戦に出る資格が確かにあったって事か」

「そういえば僕達が駆け付けた時には、人質になっていた生徒も助け出していたよね？

ホラス教官に裏切られたのはショックだったけど、それ以上にシンちゃん達の活躍振りに驚いちゃった！」

「しかも二人とも、無傷だったじゃん？　やるじゃ〜ん、このこの〜」

「ソソソソソ、ソレハダネ、エエトダネ……」

「お、俺らの成果と言うか、何と言うか……」

「「「？」」」

リオンやバッケらに褒められているってのに、シンジール達はなぜか動揺している様子だ。

「どうした、らしくないな？　そんなに言い淀《よど》んで？」

「マ、マスター・ケルヴィン、実は……」

「何があったのか、何を聞き出したかを伝えたのは俺らだけどよ、その……このホラスってのを倒して尋問したのは、俺らじゃねーんだよ」

「は？　なら、一体誰がやったんだ？」

「「それは……」」

パウル君とシンジールの視線が、ストローでジュースを飲んでいるクロメルに集まり出す。

「……マジか？」

「大いにマジだよ、マスター。クロメル姐《ねえ》さんが一人で片を付けてしまったんだ。私達はただ眺めている事しかできなかったよ……」

「ああ、クロメルの姐御《あねご》は覚えてないらしいんだが、これがマジなんだよ……」

神妙な顔つきで頷《うなず》く二人。どうやら嘘《うそ》を言っている訳ではないらしい。ここで嘘を言っても意味がないし、本当にそうだったと考えるべきか。しかし、待て。姐さんに姐御って、お前らクロメルの事を、前からそんな呼び方してたっけ？　うーむ、どこかの竜王ズみたいなノリになって来ているような……い、いやいや、今はそんな事を気にしている場合じゃなかった。

「クロメル、本当なのか？」

「その、パウルさんの言う通り、私自身は何も覚えてなくって……何かに夢中になっていたような、そんな気はするのですが……」

「なるほど、クロメルがそう言うのなら、そうだったんだろうな！　至極納得だ！」

「あらぁ、ケルヴィンちゃんったら、ホントに愛娘ちゃんには甘いんだからん。私としては、こうも完璧に無力化できた事に驚きを隠せないのだけれどぉ――……まっ、それはさて置こうかしらん！　それでぇん、他に分かった事はぁ？」

「お、おう、クロメルの姐御が吐かせた事は、俺がその場で覚えたからよ、姐御の代わりに俺が説明するぜ」

パウル君曰《いわ》く、この騒動における堕天使ホラスの目的は、同じ堕天使であるクロメルの勧誘、そしてS級冒険者の打破であったそうだ。また、それら目的を達成する為に、学園都市内にあったルミエストの神柱を起動させ、その中に封印されていた神人ドロシアラ、要はドロシーを仲間に引き込んでいたらしい。

「私から言うのも信憑《しんぴょう》性《せい》に欠けると思いますが、一応補足しておきます。ホラス教官によって呼び起こされた私は、本来であれば神柱を起動させた邪悪なる存在、この場合のホラス教官を消す事を、機械的に最優先事項にします。ですが、どういう訳なのか、私にもよく分からないのですが……私はホラス教官を消す事よりも、ケルヴィン……さん、を、消す事しか頭にありませんでした」

「なぜに!?」

その段階では何の交流もなかったよね、俺達!? いや、まあ、大歓迎ではあったけれども！

「ケルヴィンをピンポイントで殺す気だったとは、良いセンスしてるじゃないの。貴女《あなた》、ただの地味な子かと思ってたけど、なかなかどうして。私と気が合うかもね」

「え、あ、はい……？」

ベルさんや、何をコソコソ話しているのかな？

「ええと……そ、それで、彼が持ち掛けた取引に応じたんです。ケルヴィンさんを殺す機会を作ってくれるという、そんな取引に」

「その機会ってのが、今回の対抗戦だったって訳だ。前々から計画してたって事だねぇ」

「ええ、その為《ため》に私は学園に入学したのです。入学の為の条件は色々とありましたが、必要な事は全てホラス教官が手引きしてくれました」

「あらら、ホラス教官がそこまで……アート学院長、らしいですよ？」

「アーチェ君、このタイミングで良い笑顔を私に向けないでくれ給《たま》え。それにしても、うーむ……私も受験希望者の確認は全てしていたが、ホラス君にしてやられたといったところかな？　まさか、学園の管理側に内通者がいたとはね。これだけでも汚職行為、学園としても大事件だ」

珍しくアートが頭を悩ませている。上に立つ者は大変だな。

「くふふ、大変そうだね、アート！　ここで私は素直な気持ちのままに、こう言ってあげよう。……ざまぁ！」

そんな言葉とアーチェ以上に良い笑顔を携えて部屋の窓から登場したのは、我らがギルドの長、シン総長であった。

◇　◇　◇

「……シン総長、今はそのような事を言っている場合ではないし、貴女の立場からしても不適切な発言――」

「――はいはい、テンプレな回答ありがとさん。けど、今はそんな言い争いをしている場合じゃないだろ？　しっかりしてくれよ、アート学院長」

「……」

窓枠に腰掛けたシン総長は、自分から売った喧嘩《けんか》だというのに、今になってそんな当たり前な事を言い出した。全ての冒険者の上に立つ者だけあって、発言も行動も自由である。まあ、見習うかどうかは別として。

「さ、ここからは真面目な話だ。ケルヴィンが試合をしている間に、私の方でも怪しい奴《やつ》を捜していてね。ざっと十数人はとっ捕まえて、ぐるぐる巻きにしておいた。多分そいつら、全員堕天使だ。まっ、下っ端だろうけどね」

「ぐるぐる巻きって……」

「ハハッ……し、しかし、よく一試合中という短い時間で、そんな沢山の人数を捕まえる事ができましたな？　端的に言って凄《すさ》まじい仕事振りでござるよ」

「う、うん、そうだね。僕と雷《らい》ちゃんも同じように捜し回ったけど、結局クロメル達を見つけただけだったのに」

「そうだぞそうだ！　私とリーちゃん、廊下を走ってまで稲妻的な？　スピード出したじゃん！　それ以上に効率的になんて、絶対あり得ないし！」

「ああ、それは簡単な話だよ。他の連中はそこのデカブツよりも実力的に劣っていたみたいだし、何よりも私は足で稼ぐような真似《まね》はしていないからね」

「ん、んんっ？　どゆこと？」

リオン達が首を傾《かし》げていると、不意にシン総長が懐から銃を取り出した。アートとの試合でも使っていた、あの得物である。

「だって私、悪事を働こうとしている人に当たりますよ～に！って念じながら、この銃を適当にぶっ放していただけだもの。そしたら、特製の麻痺《まひ》弾が勝手にどっかに行って、結果的にテロリストに命中してさ～。私が他にやった事と言えば、銃弾の気配を追って気絶した奴らを簀《す》巻《ま》きにしたくらいかな。いやはや、楽な仕事だったよ」

「て、適当にぶっ放した……？」

「無茶苦茶じゃん！」

笑いながら話す総長のふざけた内容に、皆は呆《あき》れるしかない。しかし、適当に銃弾を撃っただけで、狙った対象へ自動的に向かって行く能力、か。アートとの試合も見応えがあったけど、総長はセルジュや刀哉《とうや》みたいな、幸運系のスキルでも持っているのかね？

「それよりもシン総長、そちらの尋問の結果は？」

「ああ、そこのデカブツと同じ事を言っていたよ。邪神と大天使が復活するっていうお告げだかを聞いて、降臨前に世界の大粛清に励んでいたようだ」

「邪神に大天使、粛清……うう、何だか新しい情報が沢山出てきて、混乱してきました……」

「あー……すみません、この通りスズも混乱してるんで、俺達にも分かるように説明してもらっても？」

奈落の地《アビスランド》――今でいう北大陸の『邪神の心臓』に直接行った事もあって、僅かながらに邪神の知識を得る機会はあったけど、あくまで初歩的な情報だった。その辺の邪神やら堕天使との関係を、俺も改めて知っておきたい。

「詳しくとは言っても、私自身そこまで詳しい訳じゃないんだよねー。この星が誕生した頃の神話の話だし」

「そんなに大昔!?」

「何しろ、神々の戦争に敗北した邪神を封印する場所として、この星が誕生したとする説があるくらいだ。滅ぼされた邪神の心臓と大天使の肉体は世界のどこかに封印、従っていた者達《たち》も天使としての格と力の押収後、共にこの世界に幽閉されたとされている」

「フン、神々にとってこの世界は、それ自体が牢獄《ろうごく》だったって事ね。ちなみにだけど、邪神に加担した天使以外の生物は、それが何の種族であれ、全て悪魔として扱われ、北大陸に押し込まれていたのは知ってる？　天使としての位が剥奪されたとはいえ、その後は普通に社会に溶け込めた訳だし、堕天使は悪魔よりかはマシな処遇だったんじゃないかしら？　まったく、私達としては迷惑な話よ」

不機嫌なベルが、吐き捨てるように言う。悪魔や魔王に北大陸内での戦争、ベルはもろにその影響を受けて育った立場だからな。機嫌が悪くなる気持ちも分かる。分かるけど、だからと言って俺の足を蹴り続けるのは止《や》めてほしい。脛《すね》は痛い、痛いから。

「ホント、困ったもんだよ。今回捕らえた堕天使達は、所詮は当時の堕天使ではなく、その末裔《まつえい》の者達だ。正直な話、神話時代に何が起こっていたのか、詳細までは知らないみたいなんだよね」

「詳しく内容も知らない癖に、こんな大事を起こしたのかい？　計画性があるのかないのか、微妙な奴らだねぇ」

「粛清というのもぉ、無差別にやり始めたら厄介ねん。ところで、その粛清対象は誰になっているのん？」

「ホラス曰く、邪神に敵対、対抗し得る実力者らしいぜ？　この場合、国ってよりも個人を指してるみてぇだ。で、いの一番に狙われたのが――」

「――俺か？」

光栄かつ歓迎するけど、また何で俺なんだろうか？

「まあケルヴィン君でなくとも、この対抗戦には多くのS級冒険者が集まっていた。場合によっては私やシン総長、他の面々も狙われていたかもしれないな」

「それにしちゃあ、戦闘力の認識が甘かったようだけどねぇ？」

「はいはーい、まだ話に出てない大天使ってのは～？　名前的に、堕天使の中で幹部面《づら》してる感じ？」

「面かどうかはさて置き、大体はその認識で合っているよ。彼ら大天使はかつて、『十権《じっけん》能《のう》』と呼ばれていたらしい。神話時代に邪神の手足として動いていた、神直属の実行部隊なんだそうだ」

◇　◇　◇

空を彷徨《さまよ》う天空の大地、『白翼の地《イスラヘブン》』。天使達が住まうこの地は、平時であれば天使であろうと内外からの出入りは一切できず、所謂《いわゆる》鎖国状態にある。が、今日この日は例外中の例外に当たっていた。エルフ以上に平穏を好むとされる天使達も、心なしかどこか、いや、相当に落ち着きのない様子だ。

「遂《つい》にこの日が来たな」

「ああ、ここに新たな転生神が降臨なされる。まさか、この偉大なる日に立ち会う事ができるとは……」

「実力と内面に功績、穢《けが》れも皆無と、長達も問題なしと判断されたそうだ。早ければ、もうじきお触れが出されるだろう」

「女神様、どうかこの世界に新しい光を……」

とまあ、この通りの反応だ。しかし、それも仕方のない事だろう。何せこの日は新たなる転生神、新たなる女神として、ゴルディアーナが正式に認定される日でもあったのだ。

ちなみにであるが、次期転生神であるゴルディアーナの姿を知るのは天使の長達のみで、まだ一般の天使達には公表されていない。そう、されていないのだ……

そういう訳で、桃色女神ゴルディアーナは特殊な方法を用い、天使達に姿を晒《さら》す事なく、長達が集う『叡智《えいち》の間』へと転移を行っていた。ここへ足を運ぶのはもう何度目かの事で、この転移にも慣れたものである。……但しこの日、叡智の間でゴルディアーナを待っていたのは、天使の長達ではなかった。

「あらん？　私ったら、転移場所を間違えちゃったかしらん？」

「いいや、間違ってはいない。しかし、そうだな。偽りと言えども、神がそのような姿をしているのは、何かの間違いだと願いたいものだが……まあ良い、時代は移り変わるものだ。許容しよう」

転移したゴルディアーナの眼前には、見覚えのない十人の天使達がいた。天使達の輪と翼は黒く染まっており、邪悪としか言えない異質な気配が漂っている。

「初めまして、今代の偽りの神よ。私は『十権能』の長《おさ》を務めるエルド・アステルという者だ。ああ、別に覚えてくれなくても良い。代わりにと言ってはなんだが、早々に滅されてくれ」

中央に控えていた赤髪の男がそう口にした次の瞬間、叡智の間は黒の光に包まれた。

◇　◇　◇

叡智の間を覆い尽くしていた黒き光に、徐々に翳《かげ》りが差し始める。エルドが放った謎の攻撃は建物などの物質を壊す事はないようで、光の中から現れた叡智の間は無傷のままであった。しかし、彼がターゲットに定めていたゴルディアーナはその限りではなかった。

「……ふぅー！　やだん、ビックリしちゃったわん！」

黒き光の中より叫びと共に姿を現したのは、自らを抱き締めるような格好をしたゴルディアーナ。なぜそのようなポージングをしているのかは全くの謎であるが、セクシーさと戦慄を同時に覚えさせられるような、妙な神々しさを放っているような、そうでもないような――兎《と》も角《かく》、その姿は見る者を混乱させる。

「本当にビックリしたわん！」

そんな調子で声を上げているところを見るに、思いの外元気そう（？）ではあるが、決

してダメージを受けていない訳ではない。むしろゴルディアーナからすれば、エルドの攻撃は想定以上の凶悪さを有していたようで。

（ふぅーん、反射的に愛の抱擁《がっちりホールド》で守りを固めて正解だったわん。光のような速度で放たれる攻撃にぃ、妙な衝撃をアレンジしている感じかしらん？　生身だったら危なかったわねん。さ～てぇ、ここに来る時にも使った転移方法は、どうやら封じられているみたいだしぃ、一体全体どうしたものかしらん！）

防御形態であるらしい愛の抱擁《がっちりホールド》から、通常の構えへと移行。その間に思考を巡らせ、ついでにバチコンとウインクをプレゼントするゴルディアーナのサービス精神は見事なものだった。しかし、飛んで行ったサービスは十権能全員に躱《かわ》されてしまう。

「あらん？　私からプレゼントぉ、お気に召さなかったかしらん？　もしかしてぇ、ウインクよりも投げキッスの方が好みだったとかん？」

更に気を遣うゴルディアーナであるが、絶対にそういう意味で避けた訳ではないだろう。そんなゴルディアーナの言葉を無視するように、十権能は話を進めてしまう。

「カカカ、言いおるのう！　エルド、少しばかり手加減が過ぎたのではないか？」

老人風の言葉遣いをするこの男は、金の刺繍《ししゅう》が施された純白のローブで顔を含んだ全身を覆い隠しており、姿が一切晒されていない。しかも、彼が纏《まと》うローブの形は人型を模《かたど》っておらず、それでいて巨大であった。ローブの中身が一体どうなっているのか、全く見当のつかない風貌だ。

「不完全とはいえ、転生神の代理役……それなりに力があるのは、明白だった……」

そんなローブ男に続いて小声ながらも口を開いたのは、十権能の中で最も小柄な少女だった。輝くような長い銀髪をツインテールに纏めた彼女は、擦り切れた赤のゴシックドレスを纏い、その腕には片目がなく、腹から綿が飛び出したヌイグルミを抱いている。

「……目覚めたばかりのせいか、力の制御が上手《うま》くできていないようだ。ハザマ、レム、私の代わりにやってくれるか？」

「カカッ、御免被る。お主ほどでないにしろ、ワシの力も加減の利かぬものじゃて。ここは大人しく、若者に任せるとしよう」

「私だって、嫌……何か、あの見た目が駄目……それに私の人形、まだ準備できてない……」

どうやら十権能は、誰がゴルディアーナを倒すかで揉《も》めている様子だ。

（ふんふぅん？　あのお爺《じい》ちゃんらしき人がハザマちゃんでぇ、小さくて可愛《かわい》い娘《こ》がレムちゃんねぇ？　さっき自己紹介してくれたエルドちゃんはぁ、素直にそのままリーダー格と考えるとしてぇ……んんっ？）

その間にも思考を巡らせていたゴルディアーナが、とある事に気付く。本来ゴルディアーナが会う予定であった天使の長達、そんな彼らが格納されていた機器から、十権能と同じ気配を感じ取ったのだ。

（もしかしてだけどぉ、いなくなった天使の長はぁ……）

構えから美しいポージングに移行する事で、ゴルディアーナの思考は更に加速していく。全く以《もつ》て謎理論ではあるが、こうする事でゴルディアーナの思考力は頗《すこぶ》るアップするのだ。しかし、それも束《つか》の間《ま》の事。キレッキレのポージングを決めるゴルディアーナの前に、新たなる十権能が歩み出ていた。

「ハザマさんにレムさんもやる気がないのなら、僕がやりましょう。もちろん、他の方々は手出し無用でお願いします」

「バルドッグ、待て。偽神を討つのであれば、自分こそが相応《ふさわ》しい。ここは自分に任せろ」

片や、青髪で眼鏡をかけた知性的な印象を受ける男。背中に何を背負っているのか、複数の得物らしきものが見える。片や、金髪でベレー帽を被《かぶ》った軍人口調の少女。背丈はそれほどない、むしろ小柄な方だが、眼光が鋭く異様なプレッシャーを放っているのが、肌で感じられた。

「グロリアさん、僕の話を聞いていましたか？　手出しは無用、そう言いましたよね？　まだ頭がお眠だったりします？　なら、ここは僕がやっておくんで、どうぞ二度寝を楽しんでください」

「貴様こそ寝言は寝て言え。物事は合理的に、適材適所で行うべきだろうが。今後この場は我々の拠点として扱うのだぞ？　貴様の大雑把な戦い方で、早速破壊してしまうつもりか？」

「ハハッ。ひょっとして僕、喧嘩《けんか》を売られてます？」

「そんな非効率的な真似《まね》はしない。事実を言ったまでだ」

「「……」」

（あらやだん。美青年と美少女が私を取り合っているわぁ。私ったら、いつまでたってもモテ期なんだからん！　神になっても罪深いお・ん・な（はぁと））

バチバチと視線で火花を散らす二人を、ゴルディアーナは慈愛に満ちた瞳で見守っていた。傍《はた》からすれば、何を見せられているのか意味不明な構図である。

しかしながら、ゴルディアーナもいつまでもこうしている訳にはいかない。如何《いか》に半転生神と化した彼女といえども、十権能を全員同時に相手にするのは、流石《さすが》に無謀でしかないのだ。だからこそ時間稼ぎ、情報収集もそこそこに、そろそろおいとましようという考えに至る。

「バルドッグちゃんとグロリアちゃんは仲が良いわねぇ。邪魔しちゃなんだからぁ、そろそろ私は――」

「――カカカッ！　白翼の地《イスラヘブン》にいた天使達《たち》の避難が終わり、時間稼ぎの必要もなくなったかの？　外見はともあれ、何ともお優しい偽神じゃて」

「……あらぁ～、それを知った上で、待っていてくれてたのん？」

　実のところ、ゴルディアーナは十権能《じっけんのう》の姿を確認した時点で、白翼の地《イスラヘブン》に住まう天使達全員に向け、己の桃色オーラを利用したメッセージを送っていたのだ。避難を呼びかける大文字をオーラで模り、空に展開させるという圧倒的な力業である。

「今代の凡庸な天使達に興味などない。我々が狙うは、真なる神に仇《あだ》なす可能性を秘めた、力ある者達だけだ」

「喩《たと》える、ならば……不敬にも、神の領域に踏み込んだ……貴女《あなた》みたいな――」

　リーダー格のエルドに続いて、人形を抱いたレムが言葉を続けようとした。が、彼女らの眼前にゴルディアーナの姿は既になく、気が付けば猛ダッシュをかましている女神の背中が遥《はる》か遠くに見えて――そう、天使達の安全を確認したゴルディアーナは、会話の流れをぶっちぎって逃げの一手に走ったのだ。文字通り、全力で走ったのだ。

「――偽神、と、か……ぐすっ……」

　最後まで台詞《せりふ》を言わせてもらえなかった事がショックだったのか、叡智の間に残されたレムが涙目になっている。

「ごめんなさいねぇ。勇気と蛮勇は違うと思うしぃ、私も私が可愛いのぉ。ここは大人しく激しくぅ、出直させて頂くわん」

チラリと後方を確認しながら、依然として猛ダッシュを続けるゴルディアーナ。しかし意外な事に、そんな彼女を追う魔の手は間近にまで迫っていた。

「僕達からそう簡単にぃ！」

「逃れられると思うなっ！」

つい先ほど名乗りを上げていたバルドッグとグロリアが、背の得物に手をかけ、或《ある》いは禍々《まがまが》しい魔力を拳に籠め、ゴルディアーナを追っていたのだ。既に距離はあってないようなもので、追跡者達は今にも攻撃を放って来そうである。

「あらやだぁ！　良い脚筋《あし》してるわねぇ！」

誉《ほ》め言葉《ことば》（？）と共に投じられるは、ゴルディアーナのウェルカム極大ウインク。が、やはりと言うべきか、バルドッグとグロリアはこれを確実に躱すのであった。

◇　◇　◇

ゴルディアーナのウインクを躱したバルドッグとグロリア。次はこちらの番、二人はそう言わんばかりの闘志を瞳に宿らせていた。背中から抜いたバルドッグの得物が肥大化し、グロリアの拳に籠められた魔力が光へと転化される。

（そう、今のを躱す事は分かっていたわぁ。ジェラールのおじさまと違って私がタイプじゃないってぇ、ついさっき貴方《あなた》達全員が教えてくれたものねぇ。ウインクを躱すぅ、かつ私に近づく最短経路は――）

――バサッ！

「「ッ!?」」

突如としてゴルディアーナの背に顕現する、桃色の巨大な天使の翼。それは転生神の証《あかし》であると示すかのように、圧倒的な存在感を放っていた。翼の持ち主を視界に入れさえしなければ、それは大変に神々しい様でもある。バルドッグとグロリアが凄《すさ》まじく不快感満載な顔になっているのは、まあ、本体と合わせて視界に入ってしまったからだろう。

「――限られるものよん（はぁと）。蝶愛撫《ちょうひらぶん》！　ふぅ――――ん！」

そして、巨大な天使の翼が勢いよく羽ばたく。その様は繊細でも優しくもなく、真逆に力強いものだった。それもその筈《はず》、天使の翼とは一見柔らかそうなものだが、ゴルディアーナの翼《それ》は筋肉の延長、つまるところラブ&マッスルで構成されているのだ。そんな強大無比な翼が衝突すると、一体どうなってしまうだろうか？

「ぐうっ！」

「小癪《こしゃく》……！」

答えは単純、翼の形をした脚で蹴り飛ばされるのと同義だ。左右それぞれの翼で薙ぎ払われた《はばたかれた》二人は、大きく後方へと吹き飛ばされてしまう。おまけにその動作で巻き起こった突風が、二人を更に遠くへと追いやった。

「ダイナミックに揺れ動く女心のようにぃ、思いっ切り飛ばされちゃってぇ。それじゃ、そろそろ私は失礼するわん」

顕現した翼を大きく広げ、更なるスピードアップを図ろうとするゴルディアーナ。ここまでやれば、最早《もはや》追いつく事は不可能。そう確信したゴルディアーナは、今後どうするべきかに頭を回し始めるが――

「『――権能、顕現』」

背後から再度迫る、有無を言わさぬ圧倒的なプレッシャー。これを受けたゴルディアーナは、その発生源を警戒しない訳にはいかなかった。

遠くに見えるは、堕天使の象徴たる漆黒の輪と翼の片鱗《へんりん》。先ほど吹き飛ばしたバルドッグとグロリアが、その真の姿を現そうとしているところだった。メルフィーナの天使としての真の姿、クロメルの堕天使としての真の姿を知るゴルディアーナは、瞬時にその事を理解する。但し、ゴルディアーナが知るそれら変化とは、少しばかり様子が異なっているようでもあった。何よりも顕現しようとしている形状が、あまりにも既知のものから外れていたのだ。

（やだん！　私の『第六感』もビンビンに警報を鳴らしているわん！　変身中に何かするのはマナー違反だけどぉ、こいつぁ細かい事を言ってる場合じゃないわねぇ！　長居は無用ってやつよぉ！）

危機を察知したゴルディアーナは、直《す》ぐ様《さま》、自力での脱出に見切りをつけ、次なる策へと打って出る。その豊満な胸元に手を突っ込み、何かを取り出そうとしているようだ。

「出番よぉ、クロトちゃ〜ん！」

何と、ゴルディアーナの手にはクロトが乗っていた。分身体らしくサイズは小さいが、ポヨンポヨンという体の独自の揺れと肌触りが、それが嘘偽《うそいつわ》りなくクロトであると教えてくれる。

「援軍か……！」

「けど、そんな最弱モンスターが加わったところで、戦況は何も変わらないよ」

ゴルディアーナが持つクロトは分身体、それも戦闘特化のそれとは異なり、強さに比重を置いていないタイプである。バルドッグが最弱のモンスターと称したのも、ある意味仕方のない事だろう。もちろん、クロトを呼んだのは戦闘に加勢してもらう為《ため》ではない。ゴルディアーナの思惑は別のところにあった。

「な〜にか勘違いしているみたいだけどぉ、時間もないし勝手に進めさせてもらうわねん。クロトちゃん、お願〜い（はぁと）」

美しくも野太い、そんなゴルディアーナの言葉に呼応するように、分身体クロトが保管からポンと何かを取り出す。

「それは……！」

「うふん、非常口よん」

クロトが取り出したのは、携帯用の小型転移門であった。かつてケルヴィンが奈落の地《アビスランド》で入手した、超希少品のマジックアイテムである。既に転移門はクロトの保管内で魔力の注入を終えており、いつでも起動できる状態となっている。その証拠に、小型転移門の扉はガチャリと音を立てて開き始めていた。

「貴様、本当に逃げるつもりか」

「忠告しよう。どこに行こうとも、僕からは逃れられないよ？」

「やだん、怖いん！　貴方、どこまでも私を追いかけて来るつもりねぇ！　でもぉ、そんな強気な姿勢ぇ、正直嫌いじゃないわんっ！　オーケー、そこまで言うのならぁ、私を捕まえて、振り向かせてごらんなさいっ！」

バルドッグを指差し、そんな凶悪な言葉と共に熱い視線を向ける今代の転生神。その破壊力はウインクどころの話ではなく、瞬時に空気が凍るほどの威力であった。

「僕からは逃げられない……ハッ！　バ、バルドッグ、貴様、まさか……」

「君、何がまさかなのかな!?　ひょっとしなくても馬鹿なのかな!?」

挑発のつもりが、とんだカウンターを返される形となってしまったようだ。顕現化の最中に必死の釈明に追われる事となるバルドッグ。当然ながら、それら行動は彼らの隙へと繋《つな》がってしまう。真の姿への変化が一時的にストップし、一瞬とはいえ、ゴルディアーナから視線を切ってしまったのだ。

「それじゃ、ば～い（はぁと）」

「あ、待てっ！」

その隙を突いたゴルディアーナの姿が、小型転移門の中へと消えていく。後に残るは宙に浮かぶ転移門と、別れ際に放った熱烈な投げキッスだけ。そして転移門も分身体クロトが保管にしまい、更には自らの体までもを全て収納してしまう。導かれる答えは逃走完了、宙を漂う投げキッスだけを残して、ゴルディアーナ達は目的を達成していた。

「「……」」

信じ難い光景を前にして、二人は力の解放を取り止《や》め、元の姿へと戻る。同じくして、バルドッグの得物が元のサイズに、グロリアが纏《まと》っていた神々しいまでの拳の光も消え去っていた。

「……ここまでの屈辱は、神々との戦い以来の事ですよ。グロリアさん、奴《やつ》は僕が殺《や》ります。異論はないですね？」

「あ、ああ、そういう事なら、仕方がないのかもしれんな。しかし、なるほど、そういう意味での僕がやります、か。すまないな、どうやら私は勘違いしていたようだ。まあその、何だ……色々と立場の問題はあると思うが、少なくとも応援はしてやる。精々合理的に頑張れ」

「待ってください。貴女、やっぱり勘違いしていますよね？　ちょっと、視線を逸《そ》らさないでくださいよ!?　何勝手に引いているんですか!?」

ゴルディアーナが消え去った後も、そんなバルドッグの弁解が暫《しばら》くその場で続いていた。しかしながら、忘れてはいないだろうか。今もゆっくりと宙を進み続ける、投げキッスの存在を。そう、バルドッグはすっかり忘れてしまっていたのだ。それがこの後に、とある悲劇を巻き起こす事になるのだが、詳細は一切不明だ。所謂《いわゆる》それはまた別の話、というやつである。

◇　◇　◇

話がいち段落し、休憩を挟むという事で俺は一旦部屋を出る事とした。あのまま雑談を交わすのも良いが、あまり長い時間強そうな奴らに囲まれていると、自分の理性を保つのに一苦労しそうだったからな。ここは用を足すなどして、クールダウンしておくのがベターだろう。

にしても、邪神に付き従う堕天使、十権能《じっけんのう》か。元々は全員が神でありながら、神話の大戦に敗北した事により、その存在をスケールダウンさせられ、この世界に邪神共々封印させられた、だったか？　それが何の因果なのか、クロメルの騒動からそんなに経《た》っていないこのタイミングで復活、か。……ククッ、よくそんな面白そうな連中が出て来てくれたもんだ。暫くは後輩の育成、身寄りがない孤児や奴隷、特に才能のありそうな者達《たち》を集めて、学校の真似事《まねごと》をしてみようかと思っていたんだが、これじゃあそんな暇もできそうにない。あー、困った困った、本当に困ったもんだよ。人生とはままならないものである。

「あ、あの人、ブツブツと一人で笑っていますわ。一体何なのかしら……？」

「カトリーナさん、近付かない方が良いですわ……」

「むむっ、あの方は『死神』のケルヴィン・セルシウス様ですの！」

「ご、ご存じですの、カトリーナさん!?」

「当然ですわ。対抗戦にも出場されていましたし、リオンさんのお兄様、そしてクロメルさんのお父様でもありますもの」

「そうでしたの？　私、学園の警備のお手伝いをしていたので、全くの初見でしたわ」

「そ、それにしても、リオンさんやクロメルちゃ――さんの、血縁の方でしたの……あまり似ていないですのね。お二人はあんなに天使ですのに」

「お母様似、なのでしょうか？　ベルさんのお父様もいらっしゃっていましたが、全く違う外見でしたし」

「べ、べべべ、ベルお姉様のお父様ですってぇ!?　貴女《あなた》、その情報をどこで!?」

「え？　あ、はい。警備のお手伝いをしていた際、学園外のキャラバンになぜか王族の方がいるという情報を耳にしまして、それがベルさんのお父様で――」

「――こうしちゃいられませんわ！　ベル様のお父様に、一度ご挨拶をかましませんと！」

「「カ、カトリーナさん、お待ちになってぇー!?」」

見事なお嬢様口調・縦ロールの女子生徒の集団が、猛ダッシュで彼方《かなた》に消えて行った。流石《さすが》は王族貴族御用達《ごようたし》の学園というか、あんな絵に描いたような生徒もいるもんなんだな。リオンやクロメルの事も知っていたみたいだし、もしかしたら友達だったのかも？　けれど、ベルお姉様って呼び方は、一体どういう関係でそうなったんだろうか？　なんか妙な執着心を持っているようだったし、もしかして――いや、変な詮索はしないでおこう。回り回ってベルに蹴られる未来が見える。

「っと、すまん」

「あっ、すみません」

廊下の曲がり角にて、向こうからやって来た女子生徒とぶつかってしまう。どちらも走っていた訳ではなかったから、軽く接触する程度で済んだが――ん？　俺が気配に気付かずに、ぶつかった？……へえ。

「あら？　貴方はもしや、S級冒険者のケルヴィンさんでは？」

女子生徒が俺の顔を見るなり、臆せずハッキリと名前を言い当てる。普通、S級冒険者とばったり出くわしたら、さっきの女子生徒みたいに動揺するものだが、堂々としたものだ。ああ、断じて俺が不審者チックな行動をしていた訳ではなく、S級冒険者だから驚かれたんだとも。

「そうだけど、君は？」

「ああ、申し訳ありません。自己紹介がまだでしたね。私、生徒会長を務めているメリッサ・クロウロードと申します」

ほう、生徒会長！　生徒会長ならば、学園内でも指折りの実力者である筈《はず》。言うなれば、対抗戦に出場した生徒達をも取り纏める存在だ。なるほどなるほど、俺が気配を感じ取れなかったのも、彼女の実力のうちという訳か。更には目にした途端に感じられる、この圧倒的な存在感！　まるで彼女の後ろから、神様めいた後光が差しているようだと、そう錯覚させられてしまう。アート学院長め、まだこんな隠し玉を持っていたとは、やはり侮れないな。

「対抗戦、お疲れ様でした。あの凄《すさ》まじいまでの試合、見ているだけでも手に汗握る、素晴らしいものでした。尤《もっと》も私程度では、残像さえも追えませんでしたが……」

ほほう、ここまで俺をその気にさせておいて、まさかの謙遜。これはある種の挑発と受け取るべきか？　誘ってるのか？　もしかしなくても、私をその気にしてみなさいよと、そんな高度なテクを使っているのか？　そこまで言われては、一バトルジャンキーとして断る選択肢はあり得ない。神柱との予期せぬ戦いに満足しかけていたが、デザートをくれるというのなら、それを食ってこそのバトルジャンキー。要らぬと断るのは、失礼以外の何ものでもないからなっ！

「あらん？　急に止まってどうしちゃったのぉ？　私が不審者じゃないってぇ、漸《ようや》く分かってくれたのかしらぁん？」

「違います。生徒会長として、そして対抗戦を運営する者として、許可もなく転移門から現れた不審者を野放しにする訳にはいきません。と言いますか、どうやって転移門の認証を突破したのですか？　その奇天烈《きてれつ》な格好といい、本当に怪しいです」

「もん、いっけず～。私、何も怪しい事はしてないわん。アートちゃんに～、正式に許可をもらってるの～」

　メリッサの背後、曲がり角で隠れていた俺の死角より、独自の言葉を話す巨大なピンク色が現れる。その人物には見覚えがあり、不思議な後光と凄まじいまでのプレシャーを放っていた。それを目にした瞬間、不覚にも俺は硬直してしまった。そして、次に納得する。

「ああ！　誰かと思ったらぁ、ケルヴィンちゃんじゃな～い！　運命的な出会いに感謝、しなくちゃねん！」

「あ、ああ、久し振りだな、プリティアちゃん……」

違ったわ。メリッサの気配を感じ取れなかったの、俺が無意識のうちに察知能力を遮断していたせいだわ。後光も圧倒的な存在感も、後ろのゴルディアーナが原因《こ》《い》《っ》だわ。……と。危ない、本当に危ないところだった。あと少しゴルディアーナが出て来るのが遅れていたら、少しばかりメリッサに手を出していたかもしれなかった。いや、うん、俺は理性的な戦闘狂。きっとギリギリのところで我慢していたさ。だって理性的だもの。

「えっ？　あ、あの、ケルヴィンさん、お知り合いだったのですか？」

「ああ、俺と同じS級冒険者の『桃鬼《とうき》』、ゴルディアーナ・プリティアーナだ。見た目と言動はちょっとだけアレだけど、人となりは俺が保証……うん、保証するよ。きっと大丈夫」

「何でちょっと自信なさ気なんです⁉」

「もう、初心《うぶ》なんだからん（はぁと）」

バチコンと飛んで来たウインクを躱《かわ》す。参ったな、盾役のジェラールがいない。つうか、何でゴルディアーナがここにいるんだ？　確か、今は神様の仕事の引き継ぎをしていたんじゃなかったっけ？

「ああーッ！　S級冒険者のゴルディアーナ・プリティアーナさんがなぜここに⁉　それにそれに、最終戦で活躍されたケルヴィン・セルシウスさんじゃないですか！」

強烈な再会をした直後だというのに、また新たな参入者の声が聞こえて来てしまう。けど、この声には聞き覚えがあった。

「えーっと、確か君は……実況のランルルさん？」

「はい！　対抗戦の実況をしていた、そのランルルです！　覚えて頂けて光栄です！　私ってば腕っぷしの強い人のファンでして、できれば可能であれば慈悲の心があれば是非ともサインを頂きたくお願いしまーっす！」

実況の時よりも早口かつ興奮気味に、ランルルが本と布らしきものを勢いよく差し出して来た。

「わ、分かったから落ち着いてくれ。プリティアちゃんも良いか？」

「もちろんよぉ。ファンは大事にしないとねぇ」

「わあ、夢みたいです！　ありがとうございます！」

「で、これにサインを書けば良いんだな？……えっと、この本と布は？」

「はい！『死神ケルヴィン悶絶《もんぜつ》ポエム集』に、『お土産版ゴルディア式戦闘着』です！」

待て、それをどこで買って来た？

◇　◇　◇

「ああ、確かに学院長である私が許可を出していたよ」

「ほ、本当ですか……？」

部屋に戻るなり、アートにゴルディアーナの転移門使用許可について確認するメリッサ。当然ながらその答えはイエスで、正規の手続きであった事が判明する。分かる、分かるぞ。未《いま》だに信じられない、その気持ち。

「申し訳ありませんでした、ゴルディアーナさん。私の早とちりで、不審者扱いをしてしまいまして……」

「まあ、ある意味で間違ってはいないんだけどねぇ」

「だな。知り合いじゃなかったら、俺も同じ風に行動していたと思う」

「そうね。うちの場合も、たぶん悪魔四天王が総出で動いていたわ」

これは仕方ないと声を揃《そろ》える関係者一同。転移門からこんなインパクトの塊が現れたら、そりゃあ警戒するってものである。

「そうそう、そこまで謝る必要はないわん。私だってぇ、周りの反応を知った上で、こんな格好をしているんですものぉ。貴女は自分の職務を全うしただけでぇ、至極当然の反応と対応だったわよん。むしろ怯《ひる》まず臆さず行動で示したその志ぃ、これからも大切にしてほしいわん。お仕事、頑張ってねぇん！」

「あ、ありがとうございます！　では、失礼します！」

元気を取り戻したメリッサが、使命感に満ちた良い表情をしながら部屋を後にした。

「……なんつうか、中身は本当に良い女だよな、プリティアちゃん」

「あらん？　私ったらぁ、ジェラールのおじさまとダハクちゃんに続いてぇ、ケルヴィンちゃんのハートまで射止めちゃったのかしらぁ？」

「ゆ、友人に留《とど》めてくれれば有り難いかな、ジェラール共々……」

ダハク？　ええ、奴《やつ》ならいつでも差し上げますよ？　本人も喜んでいるので。

「それよりもお姉様ぁ、どうしてここにぃ？　確か今日はぁ、アレの日よねぇ？」

「ええ、とっても大事なアレの日だったのだけれどぉ、色々あってねぇ」

「いや、アレって何だよ……」

アレアレ言ってないで、そこをキッチリ述べて頂きたい。

「ふんふん、これは生命力漲《みなぎ》る面子《メンツ》ねぇ。良いわん、このメンバーになら教えても良い――いいえん、むしろ教えなければならないわねぇ」

「このメンバーにならぁ？　どういう事だ？」

「それを今から教えて、あ・げ・るぅ。耳をかっぽじって、よぉく聞いてぇ！」

「「ゴ、ゴクリ……」」

色々な意味で唾を飲み込む俺達《たち》。おかしいな、十権能《じつけんのう》の話を聞いた時よりも腕に鳥肌が立っているのは、一体なぜだろうか？

◇　◇　◇

「――という訳なのよぉ。私ったらぁ、この情報を皆に伝える為《ため》に頑張って逃げて来たのん！　それは正に……愛の逃避行！」

「「「……」」」

逃避行でも愛はないと思う。しかし、まさか白翼《イスラヘブン》の地に十権能が現れるとは。そして、邪神復活の害になりそうな強者《つわもの》を狩ろうとしていたとはゴクリゴクリ！　そしてそして、もしもの時に現世に降りて来られるよう渡しておいた、インスタント転移門とクロト分身体が早速役立つとは。ゴルディアーナの機転のお陰《かげ》で、住民の天使達は逃げ延びたみたいだけど……いや、ちょっと待てよ？

「なあ、逃げた天使達はどこに向かったんだ？　プリティアちゃんの事だから、避難先も考えているんだろ？」

「もちろんよ～。これまで白翼《イスラヘブン》の地の天使は、ある種自分の大陸で鎖国していた状態にあったのぉ。浮遊大陸だけどぉ、災害とかと丸っきり無関係という訳にはいかないでしょ～？　だからぁ、いざという時の避難場所を各地に考えておいたのよん。その時に白翼《イスラヘブン》の地がどこを移動しているかぁ、状況に応じてのねぇ～」

まだ正式に転生神になった訳じゃないのに、何とも用意周到なものだ。これがメルだったら、そんな事前準備は全くしていなかったと思う。いや、やる時はとことんやる凄《すご》い女神だとフォローはしておくが、やらない時はホントにやらないからさ、うん……

「でぇ、この時に避難場所として指定したのがぁ——雪と氷の国ぃ、氷国レイガンドよ～ん！」

「氷国、レイガンド……」

氷竜王サラフィアの協力を仰ぐ為に、アズグラッドやシルヴィア、ロザリアに向かってもらった国だったよな、確か。結構過酷な環境だった筈だが、そんなところで大丈夫なんだろうか？

「フフッ、安心なさい。こんな事もあろうかと、氷竜王サラフィアちゃんの支配領域に避難場所を作ってもらっていたのよん。竜王の巣なら、サラフィアちゃんの色香でモンスターが守護してくれるしぃ、人目にもつかないから安全でしょ～？」

「い、いつの間に……サラフィアって、今はトライセンにいた筈だろ？　よくそんな大規模なもんを作る暇があったな？」

「そこはまあ、流石《さすが》は竜王ってところかしらぁ。集中すれば秒でできるからってぇ、二つ返事で了承してくれたわん。多分だけどぉ、トライセンに向かう前に作ってくれたのよん」

「……凄《すさ》まじいな」

俺だってその規模の拠点を作るとしたら、それなりに時間を要するってのに。ロザリアの越えるべき壁は、何とも険しそうだ。

「じゃあ、まずはそこに避難した天使達の安否確認か。プリティアちゃんも忙しいな」

「ううん、私は向かわないわよん？　完全ではないとはいえ、私ってば曲がりなりにも転生神でしょん？　だからぁ、天使ちゃん達と直接会う事はできないのぉ。ケルヴィンちゃんなら分かると思うけどぉ、『神の束縛』、そのソフトタイプってやつよぉ」

いや、神専用の隠しスキルをそんなＳＭチックに言うもんじゃねぇよ。そして俺に振るな、誤解されるだろ！

「まあそんな感じだからん、私の代わりに誰か天使ちゃん達の様子を見に行ってくれないかしらぁ？　種族としては悪魔と並ぶくらいに強いしぃ、サラフィアちゃんの巣の効力もあるから殆《ほとん》ど問題ないと思うけどぉ、十権能の件もあるからねん」

「それなら、人手の多いケルヴィン君のパーティに任せるのが良いんじゃないかな？　パーティとしての強さも、Ｓ級冒険者として随一だ。ああ、私は学院長としての仕事があるから、そもそもそんな暇はないよ？」

「あー、それに賛成。アタシ、寒いの苦手」

「私も巫女《みこ》としてお姉様と行動を共にしたいからぁ、ケルヴィンちゃんに任せたいわぁ」

「僕はケルにいを手伝いたいけど……」

「はいはーい、駄目ですよー。実力はあっても、リオンさん達はルミエストの学生さんです。手続きなしに休学はとっても不味《まず》いです。例外を認めるのも、学園として不味いのですー」

「フッ、そういう事だから、精々頑張って遠征なさいな、ケルヴィン」

そう言って、ベルがニヤニヤしながら会話を締めた。気が付けば、俺がレイガンドに向かう流れになってしまっている。

「おいおい、勝手に決めてくれるなよ。大体だな――」

「――レイガンドは過酷な地、だからこそ、出現するモンスターも狂暴だ。冒険者ギルドで出されているモンスター討伐依頼も、他と比べて群を抜いているよ？　ケルヴィン君向けじゃないかな？」

「……仕方ないなぁ。他に適任者がいないのなら、俺達が行くしかないじゃないか。本当に仕方ないなぁ～」

「ホント、チョロいわね」

仏の心を持つ俺は、レイガンド行きを快く了承した。他意は一切合切ない、あり得ない。

「一応確認だけど、今の天使の代表者は誰になるんだ？」

大丈夫だとは思うが、ずっと他種族との関わりを断って来た相手だ。話す相手はきっちり決めておきたい。

「というか、天使の長《おさ》は無事なのか？　さっきの話だと、長達の姿はなかったみたいだけど？」

「それなんだけど～……長の体ぁ、恐らく義体として利用されちゃってるわん」

「……は？」

いつになく神妙な様子のゴルディアーナが、なぜかポージングを決め始めた。

第二章 ▼レイガンド防衛戦

楽しかった対抗戦が終わり、それから数日が経過した。現在俺はというと、一面銀世界な氷国レイガンドへ早速来ている訳だけど、その前にこの数日で起こった出来事、他の皆がどこで何をしているのか、それを説明したいと思う。

まず、世界で起こったホットなニュースについて。あの日ルミエストでは、対抗戦の真《ま》っ只中《ただなか》に堕天使達の介入が起こった訳だが、それは何もルミエストに限った話ではなかったみたいだ。東大陸で言えば、トラージに客将として滞在していたシルヴィアとエマ、ガウンの獣王レオンハルト、デラミスでは孤児院でだべっているセルジュ、真面目に働いていたエストリア、トライセンではダン将軍の下に、それぞれ堕天使の刺客がやって来たそうなんだ。もちろん、今回の対抗戦メンバーに匹敵する力を持つ彼らは、周辺施設などに多少の損傷を受けはしたものの、これを無事に撃退している。逆に堕天使を捕縛して、現在絶賛尋問中なんだとか。

まあ精々がA級冒険者程度の実力の相手に、この豪華面子が負ける筈《はず》がないんだけどな。先日俺が戦った神柱のドロシーは、正直レアケースの存在であったらしい。実にラッキーである。それもこれも、俺の普段の行いが良かったからだろう。ハッハッハ。

……で、そんな感じの襲撃事件が西大陸、挙句の果てには元奈落の地《アビスランド》である北大陸、エフィル達が滞在していた迷宮国パブでも起こったようで、そちらはメル&竜王ズ、悪魔四天王やら、まだ見ぬ強者達が対処したんだそうだ。今回の件、堕天使達の標的にされたのは、S級冒険者に準じた力を持つ者、要は圧倒的強者達だ。この辺はゴルディアーナが言っていた十権能《じっけんのう》の話が合致していて、邪神復活の障害となりそうな者を、雑に狙っての行動だと思える。ただまあ、それだけの実力者を倒すのなら、それ相応の奴を送るべきだとか、いまいち組織としての行動がお粗末というか、微妙な印象を受けるんだよな。本当にやる気あんのか?って感じだ。

　次に他の面々が今後どうするかについてだが、ルミエスト学生組&教員組は学園を護《まも》る為にも、ルミエストに残って警戒を続ける事になった。リオンやクロメルにベル、アートがここに当たるな。将来的にかなり期待しているドロシーも、取《と》り敢《あ》えずの処置は施したので、これからも学生生活を送ってもらう事になった。彼女には何やら呪いの類(?)が施されていたらしいが、リオンと出会った事で、現在は綺麗《きれい》さっぱり解呪されている。まっ、ドロシーも堕天使に利用された被害者って訳だ。しかし、神柱の中にいた彼女に呪いをかけてまで俺を殺そうとするなんて、世の中には酷《ひど》い事をする奴がいたもんだよ。澄み切った心を持つリオンやクロメルを見習えって話だ、まったく!

そんな鬱憤はさて置き、次の次。他のS級冒険者達はというと、各々自由に行動しているところだ。

ゴルディアーナとブルジョワーナは『ゴルディアの聖地』に行くとかで、オッドラッドの奴《やつ》も二人に付いて行った。聖地が何なのか気になるところだが、詳しい事は後でオッドラッドに聞く事とする。正直、どんな場所なのか聞くのも恐ろしい気がするが……未来の俺に頑張ってもらおう、うん。

バッケは対抗戦での昂《たかぶ》りを晴らしたいとか何とかって理由で、一度母国であるファーニスに帰るという。こっちの詳しい話は聞く必要もなかったが、相当に飢えていたようなので、まあファーニス王には頑張って頂きたい。ガンバ。

そして我らがシン総長はというと、全国のギルド支部の情報を取り纏《まと》め、対策を打つ為にパブの本部へと、一足先に帰還して行った。意外にも真面目に行動する気だったようで、正直ビックリしている。いや、まあ当然っちゃあ当然の行動なんだけど、あれだけ自由な総長の姿を目にして来た今だと、いまいち信じられないというか……まあ、総長は総長で尽力してもらいたい。ところでさ、対抗戦の時にギルドの露店で売っていた『死神ケルヴィン悶絶《もんぜつ》ポエム集』、アレは一体どういう事なんだい？　編集者の名前にシン・レニィハートって名前があったけど、何の冗談のつもりかな、ええ？

で、残る俺の弟子、スズとパウル君、シンジールについてだが、こちらの面々も全員違う道へ進む事となった。スズはあんな調子でつい年下の女の子として接してしまうが、忘れてはいけない。彼女は歴《れっき》としたトラージのギルド長なのである。対抗戦という出張の名目を終えた今、彼女はトラージへ帰らなければならなくなった。トラージで起こった堕天使絡みの調査も正にスズの役目なので、このタイミングで東大陸に帰還の運びになったんだ。別れ際にボロ泣きしていたが、果たして帰ってから大丈夫なのか、少し心配である。いや、以前とは比べ物にならないくらいに強くはしたんだけど、こう、精神的な意味でね？

シンジールはパブに残してきたパーティと合流する為《ため》、そこまでは俺達《たち》と一緒に行動していた。その後はレディ・リスペクト、レディ・アイスの故郷が無事か確認すると言って別行動に。行先は一応確認しておいたが、まあ大抵の事はシンジール単独でも問題ないと思っている。アレでもやわな鍛え方はしていないからな。大丈夫、勝てる勝てる。

そして最後、パウル君。てっきりシンジールと同じく、パブのパーティと合流して別行動するものだと思っていたんだが――いや、パウル君の事を説明する前に、まずはルミエストのとある三名の生徒について語らなければならないだろう。

その生徒達の名はエドガー・ラウザー、アクス・エクス、ペロナ・マドナ。三人ともリオンと同じ学年の生徒であり、俺が今いる氷国レイガンドの関係者でもある。特にエドガーはレイガンドの王子様で、将来国を率いる立場にあるらしい。で、この三人がどうしたかというと、対抗戦が終わってから、学園から行方不明になっていたんだ。対抗戦を見に来ていたレイガンドの国王の要請で発覚したこの事件は、事が事である為に必要最小限の者達にしか知られておらず、現在捜索が続けられている。

ここで一番に怪しまれたのは、『英雄想起』の力で『王の命』を使えるようになっていた神柱、ドロシーだ。当然、ドロシーは事情聴取を受ける事になった訳だが、彼女は意外と素直にエドガーに力を行使していた事を認めてくれた。ただ、その力の使い方は対抗戦の予行練習程度のもので、自分に好意を寄せさせるなど、学園生活内で怪しまれないレベルに抑えていたという（中には力を行使していないのに術中に嵌《はま》る生徒もいたようだが）。対抗戦当日は試合の最中、また一部の生徒を堕天使の人質役として確保したくらいで、エドガーら三人には全く関与していないとか。

これら彼女の供述は嘘《うそ》ではないか、という指摘ももちろんあったが、呪いを浄化された今、ドロシーが堕天使の肩を持つ理由はない筈だ。つまり、三人は自らの意思で行方不明となった、もしくは何らかのトラブルに巻き込まれたって事になる訳だが――まあ、堕天使が何かしらの悪さをした可能性が濃厚だろうな。それらしい三人組をレイガンドに向かう道で目撃した、という冒険者ギルドの情報もあり、ひょっとしたら俺達が発見する事になるかもしれない。一応、リオンの顔見知りでもあるらしいから、頭の隅っこにでも入れておこうかなと、普段の俺ならそう思って終わっていただろう。

……ただ、この話はここで終わらなかった。先ほどのパウル君の件に戻るのだが、パブに到着して仲間と合流するや否や、彼はこう言ったのだ。

『聞いてくれ、マスター・ケルヴィン。実は俺、氷国レイガンドの第一王子だったんだ。今は勘当された身だが、一応、エドガーの兄って事になる』

何だか面倒な事になりそうだなと、俺は顔をしかめた。

◇　◇　◇

パウル君の話を聞くに、どうも行方不明となった弟、エドガー君を捜し出したいらしい。何でもパウル君とその父親であるレイガンド国王の仲は険悪であったが、弟とは離れ離れになるまで普通に仲が良かったんだとか。ぶっちゃけた話、対抗戦の最中にこっそり挨拶を交わしておきたかったくらいで、エドガー君やその護衛の姿がない事を、その時から不審に思っていたんだそうだ。で、今回の件が発覚し、居ても立ってもいられなくなったと、そういう訳である。

『マスター・ケルヴィン、俺もレイガンドに連れて行ってくれ！　多少の力にはなれる筈だ！』

と、顔が近くなるほどにやる気を見せるパウル君。分かった、分かったから離れてくれ。

そう言って一旦落ち着かせ、改めてパウル君とパーティの面々を見回す。連れて行くのは構わないが、お仲間はどうするんだ？　と、そう聞いてみる。

『パウルが行くなら、俺達も力を貸さない訳にはいかねぇ！』

『マスター・ケルヴィン、どうか俺達も連れて行ってくれ。この通りだ、頼む』

　どうやらパウル君だけでなく、パーティ全員がエドガー君の捜索に燃えているらしい。なんと美しい仲間愛（？）なんだろうか。だがしかし、う～ん……パウル君は及第点だとしても、お仲間は正直なところ足手纏いと言うか、そもそも移動速度について来られないと言うか。オブラートに包んで言ってしまえば、戦いの邪魔になるだけなんだよなぁ。平均的な堕天使とは良い勝負だろうが、ホラス並みの力を持つ幹部には勝ち目がない。将来的には凄《すご》く期待できるんだけど、今の実力じゃちょっと遠慮してもらいたいのが正直なところだ。

『これこれ、S級冒険者様を困らせるもんじゃないよ。君達が雁首揃《がんくびそろ》えて行ったとしても、足手纏いになるだけだ。ま、パウルでギリギリ及第点といったところかな？』

『じ、じじい、いつからそこにッ!?』

　そんな俺の思いを代弁してくれたのは、唐突に現れた謎の老紳士だった。

『お初にお目に掛かる、『死神』ケルヴィン。私の名はウォルター、しがない元冒険者の紳士さ。或《あ》いは、パウル達の保護者みたいなものかな？』

『違うだろ!? いつから保護者になったんだよ、アンタ!?』

わざとらしいくらいに紳士的な服装で現れた老紳士は、これまた紳士的に挨拶をしてくれた。ウォルターさん曰《いわ》く、彼はパウル達が冒険者になったばかりの頃、仕事のイロハを教えてあげた先輩であり、師匠であったという。

『確かに、ウォルターさんの言う通りかもしれねぇ……』

『ああ、俺ら少し強くなったからって、自惚《うぬぼ》れていたんだな……』

『ウォルターさんの言葉が身に沁《し》みるぜぇ……』

『お、お前ら!?』

何やら反抗期なパウル君とは正反対に、お仲間達はウォルターさんの言葉を素直に受け止めていた。彼らの随伴に心から反対したい俺にとって、これは嬉《うれ》しい展開だ。しかもこの老紳士ウォルター、今は冒険者を引退したと言っていたが、率直に言って今のパウル君と良い勝負をしそうな気がする。できる事なら全盛期にお会いしたかった。実に惜しい。

とまあ、そんなウォルターさんの説得もあって、レイガンドに行くのはパウル君のみとなった訳だ。レイガンドの元地元民な訳だし、案内人として考えれば打って付けの人選である。めでたしめでたし。

「ご主人様、何か考え事でも？ 大変難しい顔をされていましたが」

雪道を進む中、不意に声を掛けられる。ちなみにこの声、エフィルのものではない。妊娠中のエフィルをこんな極寒の地に連れて来られる筈《はず》もなく、前と同様、エフィルはパブにてお留守番だ。では、俺をご主人様呼びするこの声は、一体誰のものなのかというと
――

「いや、何でもないよ、ロザリア」

――そう、彼女はアズグラッドの愛竜にして、我がセルシウス家のクールな使用人、ロザリアである。なぜ彼女が俺達と共にレイガンドへ？　という疑問が思い浮かぶだろうが、まあこれにも深い理由があるんだ。

「それよりもロザリア、氷竜王――母親から試練だかの注文をされたんだろ？　大変だな」

「いえ、これも次期氷竜王として、母様に認めて頂くのに必要な事ですので」

ロザリアが氷竜王であるサラフィアより命じられた試練の内容は、自身の力を十全に使い、避難所に逃げ込んだ天使達を無事に保護せよ、というものだった。目的が俺らともろに被《かぶ》っている訳だが、同時になぜこのタイミングに竜王の試練？　という疑問も浮かぶ。

「母様は今、トライセンの魔法騎士団、その将軍として第二の竜生を楽しんで――コホン、忙しい日々を送っています。そのタイミングで堕天使の騒動が起こったので、レイガンドにまで手を回す暇がないのでしょう。それに加え、竜王という王座に果たして娘が相応《ふさわ》しいかどうか、折角の丁度良い機会だし、試してしまおう！　という、そんな魂胆があるの

かと」

「な、なんだか人生を、いや、竜生を堪能しているみたいだな、ロザリアの母親……」

深い理由はないが、活き活《い》き《い》としたサラフィアに振り回されるアズグラッドの姿が頭に思い浮かんだ。そんな二人の仲裁に入るダン将軍までがセットである。

「それで、ロザリアの自信のほどは？」

「はい、この日の為に鍛錬を積んで参りましたので、当然自信はありますよ。メイドとしての技能、心得もそうですし、アイスキャンディーだって以前よりも大量生産できます。どんな状況でも、どんなに離れていても可能です」

「え？　あ、うん……？」

なぜにアイスキャンディーの話題が出て来たんだろうか？　ロザリアなりのジョーク、なのか？

「ま、まあ試練の内容が内容だし、目的は一致しているんだ。俺らも力になるよ」

「ありがとうございます、ご主人様。見事氷竜王になった暁には、これまで以上に力を尽くす事をお約束致します」

「ハハッ、頼もしいな。しかし、本当にそうなったらセルシウス邸で、四人目の竜王が誕生する訳か。その時はお祝いでもしないとな」

「ッ！　ならばその際は、ロザリアに特別製のアイスキャンディーを作ってもらい、氷竜王の力を誇示して頂きましょう！　どんな巨大なものを作ろうとも、私が責任を持って食しますから、ええ！」

ここがチャンスとでも思ったのだろうか？　メルが俺達の話に割って入り、急にそんな提案をし始めた。ちなみにであるが、今回の遠征の面子《メンツ》は俺にロザリア、シュトラ＆アンジェとパブでの留守番を代わる形で、メルとムドファラクが来ている。セラは義父《とう》さんを北大陸へ送り帰す為にそちらへ、ジェラールとボガは寒いのが嫌とか言ってパブに残り――え、ダハク？　ああ、気が付いたら置き手紙があって、ゴルディアの聖地に向かうとか書いてあったよ。相変わらずの行動力の化身というか、何というか。お土産とかはいらないから、無事に帰って来る事を祈るばかりだ。

「メル、お前はデザートが食べたいだけだろ……」

「いえいえ、ロザリアを祝う気持ちだって、もちろんありますとも。シャクシャク！」

「……で、今は何を食っているんだ？」

「大自然のかき氷です」

「汚いから止《や》めなさい」

大皿に積まれた雪を強制的に投げ捨て、天使として最低限の尊厳を確保する。流石《さすが》にそれ、天使のやって良い事じゃないぞと。どっちかって言うと堕天使的な行い、いや、むしろ堕天使にも失礼な気さえする。

「うう、ある程度予想はしていましたが、エフィルがいないと道中のおやつが、おやつが圧倒的に足りないのです……！」

「えっ、お前もう準備して来たおやつ、全部食ったのか!?　確かこの前の討伐依頼の賞金、殆《ほとん》どおやつに費やした筈だろ!?」

「わ、わざとじゃなくて出来心、そう、出来心なんです！　いえ、気が付いたらこの口が勝手に！」

「ええい、そう言いながら苺《いちご》シロップを懐から取り出して吸うんじゃない！　どんだけ空腹なんだ！」

「……アイスキャンディー、作りますか？」

「「是非ッ！」」

雪山のど真ん中にて、アイスキャンディーを口一杯に頬張る天使の図、完成。その笑顔は百点満点のものだった。

◇　◇　◇

「主《あるじ》、最後尾のパウルがかなり大変そうになってる。進行速度、少し落とした方が良いかも」

盛大な出迎えをしてくれるモンスター達《たち》を倒し、愉快な調子で雪道を進んでいると、背後より青ムドから声を掛けられる。心配しているというよりは、面倒臭そうな感じの口調だ。ちなみにであるが、レイガンド滞在中はずっと青ムドで過ごす予定であるらしい。赤ムドは寒いのが嫌、黄ムドは無駄に静電気が発生するのが嫌なんだそうだ。

「えっ、マジか。こっちは雑談までして、歩調を緩めていたつもりだったんだけど……おーい、パウル君やーい！」

俺達の通り道をかなり後方よりなぞりながら、姿勢だけはダッシュを決めているパウル君を呼ぶ。雪道だけど、ひと昔前の刹那《せつな》達程度のスピードは出てるかな？　個人的にはよくやっていると言いたいが……うーん、天使達の安全確保を考えるに、もう一段階くらいはギアを上げてほしいのが正直なところ。

「かなり遅れているようだけど、やっぱり今からでもパブに帰るかー？　流石にこれ以上速度は落とせないぞー？」

「ハッ、ハッ、ハッ……！　し、心配要らねぇよ、マスター・ケルヴィン……！　こ、このパウル様は、まだまだ本領発揮してねぇんだおらぁぁぁ――――！」

獣の咆哮《ほうこう》染みた叫びを上げるパウル君。その見事な叫びに比例するように、実際に速度も上がっている。元地元民として俺達に負けていられないというプライドが、或いは弟を救うのだという気持ちが、肉体の限界を超えさせているのだろうか。どちらにせよ、この雪山の強行突破はパウル君の良い鍛錬となっているらしい。よきかなよきかな。

「ところで、あなた様。サラフィアが作ったという避難場所は、レイガンドのどの辺りに位置しているのです？　付近に街や村などがあるようでしたら、まずはそちらに寄って買い出しをする事を要求します。主におやつを、いえ、主食までいきましょう！」

「……一切合切ブレないその心には感服するが、残念だけどそれはできないかな。天使達の避難場所は、サラフィアの巣の近く――言ってしまえば、レイガンド国内において特に厳しい環境にある場所だ。んな場所に人里があると思うか？」

「フッ！　あなた様、何を仰《おつしや》いますか。天使として私は信じていますよ、人の強さというものを！」

ええっ、急にそんな綺麗《きれい》な顔をされても……つうか、天使として信じているんじゃなくて、腹ペコでそう信じたいだけじゃ――いや、これ以上は何も言うまい。

「……ロザリア、心の綺麗な天使様はああ仰っているが、サラフィアの領域に人里なんてあるのか？」

「ありませんね。目的地、レイガンド霊氷山の天辺《てつぺん》ですよ？」

「ぐはっ……！」

バッサリである。まあ、こっから更に険しい道のりだしな。こんな素敵な場所に住んでいる奴《やつ》らがいたら、それは立派な戦闘民族だろう。

「……本当にいない？　奇跡的にいたりしない？」

「いませんね」

「ぐふあっ……！」

俺はショックを受けた。この傷は深い、ドロシーから受けた傷よりも深いッ……！

「何でご主人様まで血を吐いているんですか……兎《と》も角《かく》、これより先は氷の壁を登るような道となります。最後尾のパウル様、一層の覚悟を決めてくださいませ」

「ふはっ、ふはぁー、ふはぁー……！　おおお、おいおい、笑わせんじゃねーよ……！　覚悟云々《うんぬん》なんて次元じゃねぇ、しぃ……！　てめぇこそ追い抜かれる覚悟決めやがれぇやおらぁぁぁ――――！」

「あら、思いの外元気ですね。ご主人様、一体どのような教育を施したのですか？」

「ん？　あー、別に教えても良いけど、聞いてどうするんだ？　あまり参考にならないと思うぞ？」

「いえ、今度フーバーに試してみようかと。サボりを防止させる意味でも、なかなか使える気がします」

「考案した俺がこう言うのも何だけど、鬼だな。でも、その可能性を探求する姿勢、嫌いじゃないぜ」

フーバーもパウル君レベルの可能性を持っていそうだし、それも面白いかも？　と、最終的にそんな考えに至った俺は、ロザリアに懇切丁寧な説明を行うのであった。よきかなよきかな。

そんな風に満足しながら進んでいると、噂《うわさ》の氷の壁地帯へと辿《たど》り着く。ロザリアの話によれば、この壁を登った先が氷竜王の巣になっているとの事なんだが……なるほど、大した絶壁だ。巨大な氷を登るって行為だけでも危ないのに、こいつはただでかいだけの氷じゃない。氷全てに特殊な魔力が宿っていて、周囲に何かしらの作用を及ぼしている。つうか魔力を辿ってみるに、この雪山の土台、もしかして全部この氷か？　うわ、規模がやべぇ。

「はー、とんだロッククライミングになりそうだな」

「あなた様、魔法で飛んだ方が良いのでは？」

「いやいや、パウル君がいる手前、師匠面している俺がそんな事はできないって。手足を使って、普通に登らせてもらうよ。パウル君、いけそうか？　いけるよな？」

「ハァッ、ハァッ、ハァッ……！　じょ、上等……！」

「主は変なところが真面目、私はメル姐《ねえ》さん派。普通に飛んで行く。モグモグ……」

「あっ！　待ってください、ムドファラク！　貴女《あなた》、何か食べていませんか!?　と言いますか、私の唾液腺を甘く誘惑する良い香りがッ！　ずるい、ムドばっかりずるいです！」

「メル姐さんが泣いて懇願しても、これは駄目。私のおやつ、ングング……」

喧嘩《けんか》をするように、メルとムドが一足先に飛んで行ってしまった。お前ら、どんだけ飢えているんだよ。

『常に戦いに飢えている、あなた様に言われたくないですね～♪』

『あっ、はい』

メルさん、心を読まないでください。

「私も竜らしく、空から行きますね。一応、先導役ですし」

どうやら自力で壁を登るのは、俺とパウル君のみであるらしい。

「ですがご主人様、お気を付けください。これまでの道中もそうでしたが、母様が生み出した氷にはモンスターを呼び寄せ、この場所を守護させる特性があります。ご主人様が壁を登っている時もそれは同様、氷のフェロモンに呼び寄せられたモンスターは容赦なくご主人様に襲い掛かるでしょう」

「ふんふん、つまり――素敵仕様って事だな？」

「ッ!?」

俺の発言に合わせて、パウル君が凄《すご》い勢いでこっちを向いた。ハッハッハ、パウル君もやる気満々であるらしい。それでこそ、俺の教え子である。ここでゆっくり、モンスターとの触れ合いを楽しんでいこう。え、天使の安全確保が先決？……モチロン、覚エテルヨ？

「フッ、要らぬ心配でしたね。フェロモンの対象外となる私がいつまでもここにいては、ご主人様の邪魔になってしまいますし、お先に失礼致します。では」

「ああ、この壁の天辺で落ち合おう」

ビュンと、ロザリアが結構なスピードで真上に飛んで行った。おー、ロザリアも前より速くなったんじゃないか？　こいつはうかうかしていられないな。

「よし！　それじゃ、いっちょ俺達も登るとしようか、パウル君！　スズ達に差をつけるチャンスを摑《つか》んだんだ、お前は幸せ者だなぁ！」

「た、たりめぇ、たりめぇ……」

この時、敢《あ》えてパウル君の顔は見ないようにしておいた。だってほら、気力に満ち溢《あふ》れているに決まっているし、そうじゃないとしても、限界を超えようと奮起している漢《おとこ》の顔を、ジロジロと見るべきじゃないだろ？

◇　◇　◇

「ぐう、はぁっ……！　ぜぇは、ぐ、ふっ……！」

ロッククライミングならぬアイスクライミング、それとモンスターとのバトルを同時進行でやり遂げた俺達は、登頂者しか拝めない天辺からの絶景を楽しんでいた。まあ吹き荒れる吹雪で景色もクソもないし、パウル君に関しては、うつ伏せになって呼吸もままならない様子だが。何はともあれ、賛辞の言葉を贈りたいと思う。

「おめでとう、パウル君。限界を超えたな！」

「へ、へへへっ……余裕、だぜ……！」

「うんうん、こんな状態でも啖呵《たんか》を切れる余裕があるなら、崖下に蹴り落としてもう一度登らせたいところだけど……今日は修行メインじゃないからな。当初の予定通り、天使の安全確保を優先しよう」

「鬼か、マスター……」

鬼じゃなくて死神だって。とまあ、そんな冗談はさて置き、メル達はどこかなっと？

辺りを見回し、状況を確認する。

「……喜べ、パウル君。突き落とすまでもなく、おかわりがあるみたいだぞ」

「ぜぇ、ぜぇ……は？」

ガバッと顔を上げ、俺と同じく目の前の光景を確認するパウル君。俺達の視線の先にあったものは、サラフィアの住処《すみか》であろう氷の神殿――プラス、その上に無理矢理建造された、氷の塔であった。塔はここまで俺達が登って来た高さ、いや、それ以上の高度がありそうだ。途中で塔が雲の中に突っ込んでいる為《ため》、ここからじゃ天辺が見えない。

「塔って事は、中に階段か梯子《はしご》くらいはありそうなもんだが……流石《さすが》にこの辺で、一度休憩を挟んでおこうか。これ以上限界を超えたら、パウル君が死んじゃいそうだしな」

「な、なんちゅうところに、避難場所を……！」

何か言いたげなパウル君であるが、空を移動する大陸、『白翼の地《イスラヘブン》』から避難するのであれば、この塔は良い目印になるというものだ。一見無茶な構造だけど、サラフィアも色々と考えてこうしたんだろう。

「あなた様ー、遅いですよー」

「あまりに暇だったから、ロザリアのアイスキャンディーを10本も食べてしまった。なかなかに美味だった」

「お粗末様でした。ですが、良い休憩になりましたね」

塔の下にある氷の神殿に入って行くと、団欒《だんらん》するメル達を発見。大分暇を持て余していたようで、三人が寛《くつろ》ぐ氷テーブルの上には、アイスキャンディーの棒らしきものが散乱していた。いや、積み上がって山を形成していた。絶対に10本どころじゃない本数食っただろ、お前ら。

「さっ、適度な間食、適度な休憩も挟んだ事ですし、そろそろ塔を登るとしましょうか。今の私は腹五分目未満、動くには最適の腹具合ですよ！」

「……」

「あんま意地悪言ってやるなよ、メル。パウル君が絶望したような顔になってるぞ」

「てへっ♪」

死神な俺も、流石にパウル君の休憩時間をすっ飛ばして出発するほど死神じゃない。まあ五分も休憩すれば、最低限のスタミナは回復するかな？

「ご主人様にパウル様も、このアイスキャンディーをどうぞ。疲労回復・リラックス効果がありますよ。メイド長直伝、滋養強壮料理です。まあ殆《ほとん》ど能力で作りましたから、料理と称して良いのかは、正直微妙なところですが」

何か思いの外凄いアイスキャンディーが出て来た。

「ああ、悪いな。ほれ、パウル君も。食欲がなくてもアイスなら食えるだろ」

「お、おう……」

極寒の地でアイスを勧めるなって？　大丈夫、この神殿内は外よりも暖かいから。

「おっ？　見た目は透明なのに、しっかり味がある。チョコミント味？」

「チョコ？　俺のは果物っぽい味だぜ？」

「フフッ、ちょっとした遊び心ですよ。外見は全て同じですが、口にするまで味は分からないようにしているんです。大量生産の面ではまだまだ母様に及びませんが、こういった独自性でいえば私のアイスキャンディーに軍配が上がる事でしょう。フフフフフフ」

「へ、へえ……」

一体どこを目指しているのかよく分からないのだが、ロザリアからすれば、これも氷竜王を超える為の道なんだろうか？

「私が食べた冷やしトマト味はなかなかユニークだった」

「それを言ったら、私が食べたドリアン味以上にインパクトのあるものはないと思いますよ？　こう、臭い的な意味で」

「「へ、へえ……」」

味だけでなく、香りまで再現しているのか。同じ青魔法の使い手でも、食べるの専門なメルにはできない芸当なんだろうな。だってメルの料理の腕、シルヴィア達《たち》に並ぶほど壊滅的でゲフンゴホン！

……兎も角、食べていたらマジで元気が溢れて来たし、エフィル直伝の料理というのも頷《うなず》ける出来なのは間違いない。将来的には炎料理のエフィル！　氷料理のロザリア！って感じで、屋敷の中で争える腕前になるかもしれないな。ちょっと楽しみかも。

「しゃくしゃく……ッシ、何とか回復したぜ！　氷の山でも塔でも、何でも来いや！」

と、そんな事をしている間に、パウル君が回復と超回復をしてくれたようだ。肉体的な強さ、精神的な強さも以前の比ではない感じである。うんうん、これでこそ五分も休憩した甲斐《かい》があったってもんだ。へへっ、もっと強くしてやるからな、パウル君……！

◇　◇　◇

氷の塔を登る。登りに登る。登ったら登る。塔の外壁を伝って第二のアイスクライミングを開始しようとも考えたが、休憩によるタイムロスが発生した為、素直に内部の階段を使っているところだ。ここまではモンスターも出現しないようで、本当に登るだけの作業である。ぶっちゃけ、ちょっと退屈。

「……うさぎ跳びしながら行くか？」

「あなた様、タイムロス云々《うんぬん》の話はどこに行っちゃいました？」

時折こういった妥協案を出すも、尽《ことごと》く却下されてしまう。クソッ、なぜだ？

「にしてもよ、ふう、ふう……ッチ！　ただ階段を登ってるだけだってのに、やけに疲れやがるぜ……！」

「今現在、氷山よりも高い位置にいる。よって、それだけ空気も薄い。代謝が落ちるし、疲れやすくなるのも自然な流れ。パウルが今にも死にそうなのも納得」

「あらっ？　フフッ、ムドファラクも随分と博識になりましたね。実に喜ばしい事です。子を育てる母様の喜び、少し分かったような気がします」

「訂正要求、私はロザリアに育てられた覚えはない」

「たとえ話ですよ、たとえ話」

「それにしても、随分な高さにまで来ましたね。そろそろ次のおやつタイムに入りたいところです。……ロザリアもそう思いませんか？（ニッコリ）」

「思いませんね（ニッコリ）」

階段の上だというのに、器用にも地面に両手をついて、ガックリと項垂《うなだ》れる心清き天使様。どんな高所に居ようとも、自らの欲求が満たされないのが不満な程度で、元気も元気な様子だ。パウル君にも、このくらいの余裕があればなぁ。環境に上手《うま》く適応すれば、この程度は自然と体が慣れてくれるものだが、さて。

「ん？　そういや避難した天使達は、ここよりも高い場所に居るんだよな？　パウル君みたいな惨状になっていないのか？」

「お、おい、マスター・ケルヴィン。俺だけが酷《ひど》いみたいな言い方は、うぷっ……」

うん、まだまだ駄目っぽいですね。

「天使は元々白翼《イスラヘブン》の地に住んでいましたからね。種族全体として慣れっこなんですよ、えへん」

清き天使様、なぜか自慢気。

「なるほど……つまり天使達は全員、俺が鍛えたパウル君よりも強い？」

「いえ、そういう訳ではないのですが……まあ、強さの指標としては悪魔と同程度ですよ」

「ほう、つまり天使の中にも義父《とう》さんや悪魔四天王に並ぶ存在がいたり？」

「あなた様、よだれ、よだれ」

おっと、つい欲望が出てしまった。ロザリアから渡されたハンカチでそれを拭い、心を落ち着かせる。……よし、落ち着いた。

「ご主人様、出口が見えて来ましたよ」

「よっしゃ待ってろまだ見ぬ強敵達！」

「あなた様、よだれ、よだれ。あと、敵じゃないですから」

◇　◇　◇

無意識のうちに出してしまったよだれを綺麗《きれい》に拭き取り、今度こそ塔の出口へと向かう。向かうったら向かう。相変わらずメルやロザリアは疑惑の目を俺に向けているが、向けるなら出口の方にしてほしい。だってほら、俺達が向かう先は出口なのだから。……うん、そろそろマジで止《や》めてくんない？　本当にもう冷静だから。よだれも垂らしてないから。

「さて、塔の天辺《てっぺん》はどうなっているのかな……と？」

先頭に立って出口から足を踏み出すと、そこは雲の上であった。どんな仕組みなのかは分からないが、雲が地面代わりになっている。あ、いや、もしかしてこれ、雲の中に氷で作った地面を敷いているのか？　不思議と滑らないけど、やけにヒンヤリしているし、多分そうだ。つう事は、このモコモコしているのも雲じゃなくて、氷から発せられている冷気？　はー、器用に色々やってんだなぁ。

「幻想的な光景ですね。雲の模した氷の世界、上はどこまでも広がる蒼穹《そうきゅう》、そして――警戒態勢で出迎えてくれる天使達」

「最後のは幻想的と称して良いものか、正直微妙なところだけどな」

幻想云々はさて置き、感嘆するメルの言葉は事実としてはどれも本当の事だった。サラフィアが作り出した避難場所、雲の上の世界だからこその青空。そして、槍《やり》を持って警戒心を露《あら》わにする、白き翼と光り輝く輪を頭上に持つ護《まも》り手《て》集団。外見的特徴からして、彼らが白翼《イスラ》の地《ヘブン》から避難して来た天使達なんだろう。というか、元転生神であるメルがそう言っているんだ。間違いない。

「客人よ、このような出迎えをして申し訳ないのだが、素性とこの場所を訪れた目的を教えてくれないだろうか？　返答によっては……」

天使達の先頭に立つ初老の男が、そう言って得物の矛先をこちらへと向ける。立派なお髭《ひげ》に厳格そうな雰囲気は、ゴルディアーナから聞いた話と一致しているな。となれば、この天使が取り纏《まと》め役か。

『メル、頼んだ』

『了解です』

念話で指示を出し、俺は一歩下がる。代わりに、蒼《あお》き翼と天使の輪を顕現させたメルとバトンタッチ。白翼《イスラヘブン》の地じゃ無名であろう俺が話すより、元はそこの住人であるメルが話を通した方が良いだろう。

「矛を収めてください、ラファエロ。私達は皆の安全を確保しに来たのです」

「ッ!? そ、その神々しい御声《おこえ》、そしてその蒼穹の如《ごと》き翼は、もしや……!」

「ええ、先代の転生神、メルフィーナです。今はメルと名乗っていますので、呼称はそちらに合わせてくださいね」

「「「「おお――――っ！」」」」

苦悶《くもん》に満ちた表情から、希望に満ちた表情へと一様に早変わりする天使達。さっきまでの暗い雰囲気はどこに消し飛んでしまったのか、全員が歓声まで上げている。うん、ラファエロというらしい、取り纏め役の天使まで諸手《もろて》を挙げて大喜びしとる。あとさ、ええと、その……

「あの、すみません。皆さんが今取り出した『メルフィーナ命！』、『ＬＯＶＥ』などと記した襷《たすき》やら鉢巻やらうちわは、一体……？」

天使達が熱狂する中、俺はついそんな質問を投げ掛けてしまった。だってさ、さっきまで天使として納得な感じの服装だったのに、今の彼らはアイドルの追っかけみたいな姿になっているんだもの。おいそこ、白魔法でサイリウムを作るんじゃない。そして踊るな、本当にこの時代の天使かお前ら？

「ややっ!?　御客人《おきゃくじん》、ご存じないので!?　代々我々天使族は転生神様を推し、その素晴らしさを伝えようと日夜努力をして来たのです！　まあ、我々は白翼の地《イスラヘブン》を出る事ができなかったので、仲間内で活動するか、デラミスの巫女《みこ》様に神託《エール》を送って布教する事くらいしか、平時はする事がないんですけどね！」

唾を飛ばしながらそう熱弁するのは、最早《もはや》厳格という文字が欠片《かけら》も残っていないラファエロさん。ああ、今完全に理解したよ。この人ら、熱狂的なメルのファンなんだ。……ん？　いや、待てよ？

『メル、もしかしてなんだけど、デラミスの巫女が代々転生神の狂信者になるのって、もしかして――』

『――あなた様、それ以上は言葉になさらないでください。大体想像の通りですから』

『えー……』

マジですか。

『白翼の地《イスラヘブン》において一定以上の位にいる天使には、転生神の代理としてデラミスの巫女に神託を下す時があるのです。オーバーワークで神々しさを保てそうにない時や、何か今日は気分じゃないな～、なんて思う時、空腹で神託どころでない時など、非常に稀《まれ》ではありますけどね』

お前、それ絶対稀じゃなかったろ？　結構頻繁に代理として活用していただろ？　けど、まあ納得といえば納得か。これだけ熱狂的に『メルフィーナ』推しの天使達が神託を下せば、コレットの奴《やつ》が感化されてしまうのも無理はない。

『なるほど。言ってしまえば、コレットは犠牲者でもあったんだな……』

『いえ、コレットは元々あんな感じでしたよ？　ただまあ、私に対する信仰心と信仰心が神託時に出会ってしまい、双方更に信仰心が強力となってしまった、という哀《かな》しい経緯は確かにありましたが、うう……』

『最悪じゃねぇか……』

デラミスの大神殿にて、真剣な眼差《まなざ》しで祈りを捧《ささ》げているコレット。しかし実際には、脳内で天使達との小粋な信仰心トークに花を咲かせていた、と。確かにメルにとっては地獄だろうよ、それは。

「っと、勝手に盛り上がってしまい申し訳ありません！　ささっ、小汚い場所ですが、こちらへどうぞ！」

「ああ、どうも……」

俺達が通れるようにと、天使達が示し合わせたかのように、一斉に左右へと分かれる。いや、小汚いって、サラフィアが用意してくれた避難場所なんだけど……

「メルフィーナ様、いえ、メル様！　此度《こたび》の来訪は、やはり我々の安否を確認する為《ため》に？」

「ええ、その通りです。次の転生神となるゴルディアーナ・プリティアーナは、神の束縛により貴方達《あなたたち》と直接会う訳にはいきませんからね。彼女の代理人として、僭越《せんえつ》ながら先代の私が参じました」

「おおっ、なんと有り難い事でしょうか……！　あの、後でサインを――いえ、握手とかお願いしても!?」

「え？　ええ、まあ、その程度の事でしたら……」

「あ！　ラファエロ様狡《ずる》いですぞ！　勝手が過ぎます！」

「越権行為だー！　上級天使辞めちまえー！」

「チャンスは平等にしなさーい！　堕天してるんじゃないのー!?」

「フハハッ、バーカバーカ！　こういうものは早いもん勝ちだと、相場が決まっとるのだ！　負け犬の遠吠《とおぼ》えが心地良いわい！」

「「「……」」」

天使達の予期せぬ喧嘩《けんか》が始まってしまい、唖然《あぜん》としてしまう我ら一同。これがこの世界の天使、これが今回の護衛対象なのか……転生神が天使との直接的な接触を禁じられるのって、もしかしてそういう理由からなんじゃ？　なんて、そんな邪推までしてしまう。

『メル、お前も昔はこうだったのか？　ここの出身なんだろ？』

『冗談言わないでくださいよ。このノリが嫌で、外の世界に飛び出したのですからね、私。

そういった意味では、私は唯一まともな天使だったのかもしれません』

普段はあまりない事であるが、この時ばかりはメルに共感してしまった。うん、至極共感。これなら俺も浮遊大陸飛び出すわ。どっちが堕天使なのか、正直もう分からん。

「メル様にお連れの方々、顔色があまりよろしくないようですが、如何《いかが》されましたか？　あっ、もしやメル様への信仰心が高過ぎて、次の転生神様への信仰が上手くいくか、その心配をされているのですかな!?」

「ハッハッハ、ご心配なく！」

「次の転生神様は、全能たるメル様がお選びになった、文字通りの選ばれしお方です！」

「フォッフォッフォッ。ワシは先々代のエレアリス様の時代から、転生神様という箱推しをしておる。絶対なる信仰心を持って、次なる転生神様の応援も致しますじゃ」

「イエイイエーイ！」

「「「「……」」」」

あの、次代の転生神、ゴルディアーナなんですけど……本当に大丈夫ですかね？

◇　◇　◇

それから俺達はラファエロさんに案内され、避難所奥に建造された氷の神殿、その応接間に通された。……うん、ここでも氷の神殿なんだ。塔の下にも全く同じものがあったとか、そんな野暮なツッコミはもうしないさ。きっと、サラフィアもこの辺で建造作業に飽きたんだろう。氷の床で雲を模したり、凝ってるところは凝っているんだ。これくらいの手抜きをしたって良いじゃないか。

「流石《さすが》は母様、凝り性ですね。この神殿を形成している氷、全て溶けないアイスキャンディーですよ。強度もしっかり確保されています。クッ、これが究極のオリジナリティー……！」

違った。別方向で凝ってた。でも、それはそれでどうなんだろうか。

「「ッ!?」」

はい、そこの元アイドル転生神様と甘味スナイパー竜王、ガタリと立ち上がらない。たとえアイスキャンディーだったとしても、これは食べちゃ駄目なものだから。

「こちらにお掛け下さい。ああ、椅子やテーブルも氷ですが、不思議と冷たくないのでご安心を。私が言うのもアレですが、ここは不思議な場所ですね」

こんな二人の珍妙な行動にも、ラファエロさんは全く動じず、それどころかニコニコ顔で迎えてくれた。なるほど、メルに対する懐の深さはコレット並みと考えて良さそうだ。大抵の、というか、どんな奇行にも笑って対応してくれそうである。

「ああ、どうぞお構いなく……二人とも、食べちゃ駄目だぞ？」

「た、食べませんよ！」

「主《あるじ》、流石にそれは失礼というもの。甘味は先ほど補充した。これ以上はエフィル姐《ねえ》さんに叱られる」

じゃあ、何でさっき反応したんだよ……と、仲間内にツッコミたいが、我慢我慢。取《と》り敢《あ》えず、ラファエロさんに案内された通り、席へと座る事とする。どうやら天使側の代表はラファエロさんだけのようで、他の天使達は部屋の外で待機している。氷のコップでのお茶出しも、せっせとラファエロさんがニコニコ顔になりながら配膳して――この人、また役得だと思っているんだろうな、きっと。

「ところで、お連れの方々はメル様とどういったご関係で？　それとも、次期転生神であるゴルディアーナ様のご関係者様でしょうか？　次期転生神様、素晴らしくパワフルなお名前ですよね。お顔を拝見する事は叶《かな》いませんが、早く声をお聞きしたいと、皆で盛り上がっておりますよ」

皆で茶をすすりながら一服。と、そんな時にラファエロさんが茶を飲みながら、そんな質問を投げ掛けて来た。まあ、うん、どっちも関係者ではあるけど、何と説明したものか。その昔、俺とメルの関係をコレットは肯定的に捉えてくれたが、こういう志向のファンって一筋縄じゃ行かない気がするんだよな。安易に答えてしまって、果たして良いものだろうか？　うーむ……

「えーっと、プリティアちゃ、コホン！……ゴルディアーナとは以前同業者でした。そして、このメルとは――」

「――この方は私の夫です♪」

「ふぶぁっ!?」

口に含んでいた茶を、明後日《あさって》の方向へと綺麗《きれい》に吹き出すラファエロさん。ああ、そうだった。メルさんは昔から、積極的にバラしていくスタイルだった。

「だ、大丈夫ですか？」

「い、いいえ、少し驚いてしまいまして……ええと、一応確認しておきますが、冗談ではなく本当に、ですか？」

「本当に、です。もう同棲《どうせい》もしています。ふふん」

「……」

配慮もクソもない正直過ぎるメルの言葉に、俺は冷や汗をかくばかりだ。ラファエロさん、大丈夫だよね？　正しき形のファンだよね？　信じても良いよね？

「……」

「あの、ラファエロさん？」

「……大丈夫大丈夫、私は平常心かつ冷静、心を乱してなんかいない。たとえ推しが結婚していたとしても正しき信者はこれを喜び応援するのが務めでありジェラシーを感じるなんて以《もっ》ての外《ほか》でだからこそここは冷静に水を飲むのが正道で同志である巫女様もきっとこの事を喜んでむしろ自らその仲に突貫するくらいの気概を持って祝福を――」

何か凄《すご》い早口でボソボソ言ってる……！

『お、おい、大丈夫なのか、ラファエロさん⁉　目が血走ってるぞ⁉』

『少しすれば元に戻るでしょう。ラファエロはこれでも、白翼《イスラヘブン》の地に数名しかいない上級天使なのです。精神面の強さも並ではありませんよ』

『は、はぁ、そんなもんなのか？　でもやっぱり、コレットの時みたいにはいかないもんだな……』

『まあ、コレットの精神力は異次元級ですからね。天使達と彼女を比べるのは、些《いささ》か酷というものです』

確かに、俺もコレットの精神力には勝てる気がしない。きっとメルの為だからと言って、何にでも喜びを見出《みいだ》しちゃうもんなぁ。

「……ハッ⁉　私は一体何を⁉」

と、念話で適当に時間を潰していると、ラファエロさんの精神が旅からご帰還された。流石は上級天使、思ったよりも早い帰還である。

「か、重ねて失礼致しました。ですがメル様、その事はあまり周知しない方がよろしいかと。我々天使にとって、その情報は劇物となり得ますので、するにしても段階的にやって頂ければと……」

「えー」

でしょうね。そしてそこ、えーとか言わない。

「メル」

「むう、仕方ありませんね。まあ、今回の訪問の目的はそれとは別にありますし、触れないようにしておきましょうか」

「是非ともそうしてくれ。それでラファエロさん、早速いくつか確認しておきたいのですが、白翼の地《イスラヘブン》からここへ避難して来た天使の方々は、全員無事ですか？　途中で逸《はぐ》れた方や、怪我《けが》をされた方はいませんでしたか？」

「幸いにも、怪我をした者はおりませんでした。ですが、その……一人だけ、行方の分かっていない者がおりまして……その者の名はルキル、私と同じ上級天使です」

「ルキルさん、ですか。メル、知ってるか？」

「……ええ、存じています」

ん？　ちょっとメルの表情が硬いような。さっきまでのランラン気分じゃなくなってる。

『ラファエロの前では言えませんので、念話《こちら》で説明します。ルキルは私が転生神となる時、つまりはエレアリスに代わる転生神を天使達の中から選考していた際に、私と並んで最後まで候補者に名を連ねていた天使なのです』

『え、そんな奴《やつ》がいたのか!?　要はメル並みに強いって事!?　要は要注目天使!?』

驚きの事実が、俺の唾液腺を刺激する！

『あの、早速強さ比べに関心を抱かないで頂きたいのですが……戦闘力に優れているだけでは、転生神には選ばれませんよ。神に相応《ふさわ》しい内面、如何《いか》なる苦境も打破できる柔軟性等々、様々な要素を長達に審査されますから。まあ尤《もっと》も、私はあなた様に惚《ほ》れられるほどの強さも、もちろん持ち合わせていましたけどね？』

『いや、その時に審査されたのは、殆《ほとん》どクロメルみたいなものだったんじゃ……まあ、今はその辺の事はさて置こう。それで、ルキルって天使について、他に情報は？　俺の興味は今そこにある』

『本当にブレませんね、あなた様……まず大前提としてですが、私が転生神となる際に、白翼の地《イスラヘブン》の天使達は私に関する記憶の一切を失いました。ですから、他の天使達は私とルキルの関係についても知りません。ルキル自身も、自分が転生神の候補に挙がっていた事を忘れているでしょう。それらの事を考慮して、不必要に公言しないようにしてくださいね？』

『分かった、理性的な俺に任せておけ』

『わあ、とっても不安です』

失礼な。でもまあいいや、はよ。

『ルキルは私と同世代の上級天使でした。次期転生神として名前が挙がるほどでしたから、実力・性格共に文句の付け所がない、慈愛に満ちた者だったと記憶しています。まあ、その頃の私ってご存じの通りでしたし、直接的な絡みはないに等しかったのですが』

『転生神の有力候補……なるほど、才色兼備かつ心まで美しかったって事か』

『あなた様、よくそのルキルを差し置いて、メルが転生神に選ばれたな。とか、そんな事を考えませんでしたか？』

『いや、考えてないよ。お前の愛の重さは世界一よく知ってるからな』

『あ、あなた様……！』

そんな風に念話をしていると、外側では俺とメルが高速で百面相しているように見えるだろう。つまりだ、向かいに座るラファエロさんが凄く不思議そうな顔をしていた。

◇　◇　◇

何はともあれ、その後の念話でルキルの容姿や戦闘力については知る事ができた。女神相応の美人、天使の中でもトップクラスの戦闘力と、所謂《いわゆる》完璧超人、いや、完璧天使であるらしい。しかし、それほどまでに完璧な天使が、果たして一人だけ行方不明になるだろうか？　皆が逃げる為《ため》の囮《おとり》になったとかで、自己犠牲的な行為をしていたのなら、まあ分かる話ではあるのだが……ラファエロさんに聞く限りでは、そのような事もなかったという。これといった目撃情報もなく、皆が避難を始めた時には既に姿はなかった。纏《まと》めるとそういう事になる。

「ゴルディアーナが避難指示を出すよりも前に捕らえられたか、或《ある》いは──兎《と》も角《かく》、分かりました。ルキルは私達《たち》が捜索しましょう」

「おお、何と有り難いお言葉……！　メル様、感謝致しますッ！」

「頭を上げてください、ラファエロ。それよりも、貴方《あなた》達が白翼《イスラヘブン》の地を離れる際、浮遊大陸がどの方角に飛んで行ったか、覚えていますか？」

「はい、しかとこの目で。西大陸北方より北西に進んで行った事を覚えております。白翼《イスラヘブン》の地の行き先は完全にランダムですから、十権能《じつけんのう》らもそれを操作する事はできないかと」

頭の中で世界地図を思い浮かべる。確かその先は、ずっと海が続いていた筈《はず》だ。途中で舵《かじ》を切らない限りは、大陸にぶち当たる事もないが……いや、安易にそう考えるのは早計か。相手は邪神の復活を願い、堕天使として規格外の力を有する連中だ。予想もしない汚い手を使って来るかもしれないし、相手が女子供でも容赦する事はないだろう。つまり、些細《ささい》な事でも一大事になる。さて、どうしたもんかな。

「ルキルはもちろん心配ですが、白翼《イスラヘブン》の地に残った長達の安否も気になりますな。長達は

『叡智《えいち》の間』から動く事ができませんし、やはり、もう……」

そう言って目を伏せるラファエロさん。ああ、そうか。ラファエロさん達は叡智の間での出来事も知らずに、着《き》の身着《みき》の儘《まま》で避難して来たんだっけ。

『メル、これは伝えるべきかな？　天使の長《おさ》達の体が、十権能に義体として利用されているかもしれないって』

天使の長となる者は、叡智の間に設置された特殊な装置に入る事で、永遠に近い命を手に入れる事ができる。しかし、その代償として彼らは感情や自我を失い、道徳的・合理的に物事を判断する為の機械になり果ててしまうんだそうだ。そうする事で、白翼《イスラヘブン》の地に住まう天使達に常に正しい判断を下し、転生神を選定する際にも大きな役割を果たすんだとか。

俺からすればSFチックと言うか、まあ何とも言い難いシステムなんだが……少なくとも、地上でよくある王族貴族の腐敗のような事は防がれているらしい。何かしらのトラブルが起きない限り、半永久的にその座を交代する必要もないからな。長の人数はキッチリ十名、ストック（この場合、そう表現するべきではないんだろうが）としての数も十分で、理論上は完璧なシステムなんだろう。まあ、そのトラブルが正に今起こっている訳だけど。で、そんな状態にある長達なのだが、ゴルディアーナ曰《いわ》く、叡智の間を訪れた際に、既にその姿は機械の中から消えていたんだそうだ。そう、殺されたのではなく、綺麗さっぱり姿を消していたんだ。まるで全ての長達が、十権能にそのまま置き換わったかのように。要はクロメルがエレアリスの肉体を義体として活用していたように、十権能も長の肉体を義体として活用しているのではないかと、俺達は怪しんでいる。

『……今は憶測の域を出ませんし、真実を確認するまでは言うべきではないかと』

『まあ、不安を余計に煽《あお》るだけだしな。了解、ルキルさんと同じく、こっちも救出する体《てい》で話を進めておこう』

　という事でルキルさんと長達を捜索し、安否を確認する事をラファエロさんと約束する。メルの言う通り、今はこれがベストだろう。

「メル様には助けられてばかりですね。我々も何か助力できる事があれば良いのですが……」

「数百年振りに故郷を出たのです。今はこの環境に慣れる事を優先してください」

「十権能の狙いはラファエロさん達ではないようですが、用心をするに越した事はありません。俺の魔法で更なる要塞化を施しておきますね。ロザリア、ムド、手伝ってくれ」

「承知致しました。母様にも負けぬ、最高の仕立てをお見せしましょう」

「良い感じに狙撃できる場所を作りたい。ワクワク」

「お、おお……！　メル様方が私の為に、いえ、私達の為にこれほどまでの力添えをしてくださっている！　もう、もう死んでも良いッ！」

「いや、死なないでくださいよ……」

一先《ひとま》ず、天使達の安全は確認できた。避難所を一通り強化して、次はレイガンドの首都にでも行ってみるか。パウル君の件もあるし——って、塔を登り切ってから、パウル君がやけに静かだな？　何だ何だ、借りて来た猫みたいになる質《たち》でもないだろうに？

「スゥ、ハァ～～～……スゥ、ハァ～～～……」

……めっちゃ静かに深呼吸してる。あ、ああ、黙っていたのは、回復に努めていたからか。流石《さすが》にちょっと無理をさせ過ぎたかな？

◇　◇　◇

白翼の地《イスラヘブン》、叡智の間。元々この地に住んでいた天使達がいなくなった事で、この場所に存在するのは堕天使、十権能のみとなった。彼らは天使の長が収められていた機械を椅子代わりに使い、何やら言葉を交わしているようだ。

「多少の時間を掛ければ力が馴染《なじ》むと思っていたが……ふむ、やはり義体では出力が落ちるか」

自らの手を眺めながら、十権能のリーダーたるエルドがそう呟《つぶや》く。

「カカカッ、天使共の長を使ったとはいえ、所詮は下界の贋作《がんさく》共よ。ワシらの力全てを引き出すには、器が小さ過ぎるわい」

「権能を顕現させた状態であれば、全盛期の力を一時的に取り戻す事ができる。あの転生神を追いかけた際に、それは確認できた。ただ、極短い時間ではあるがな。それ以上は義体が壊れてしまうだろう」

「顕現するタイミングも難しいですね。真の姿に至るまでに、数秒ほどの時間を要します。まったく、不自由な肉体ですよ」

　ここ数日間、十権能は天使の長を使った義体に、力を馴染ませる事に努めていた。しかし、彼らが思い描く段階にまで到達する事はできなかったようで、どこかそれら言葉には落胆の色があった。

「ぐすっ……」

「レムよ、いい加減に愚図るのはよせ。かれこれ三日間は泣き続けているぞ」

「カカッ！　幾千の時が経《た》とうとも、中身は変わっとらんようじゃな。力は劣化したが、逆にその辺りは安心じゃて」

　涙を流すレムの姿を見て、ハザマが楽し気に笑い始めた。そんな光景に十権能の一人が大きく溜息《ためいき》を吐《つ》き、苦言を呈する。

「しかし、いつまでもこうしている訳にもいくまい。エルド、貴様は曲がりなりにも我々を統括する立場にいるのだ。次なる手は考えているんだろうな？」

エルドの隣の機械《せき》に座るは、前髪が右目を隠すほどに長い黒髪の男。彼はエルドに対して、どこか攻撃的な口調であった。

「地上で行動を起こした紛《まが》い物《もの》の堕天使共は、その殆どが劣勢、もしくは既に制圧されつつある。これ以上アレらに期待するのは酷だろう。まあ、最初から期待なんてものは欠片《かけら》もしていなかったがな」

「そう言うな、ケルヴィム。少なくとも、彼らのお蔭《かげ》で我らが狙うべき敵と居場所は把握する事ができた。使い捨ての駒にしては、よくやってくれている方だ」

「ふんっ……で、肝心の次の手は?」

「そんなものは決まっている。ルキル、こちらに」

——この地に住んでいた天使達はいなくなった。しかし、何事にも例外は存在する。未《いま》だこの浮遊大陸に立つ住民が、ここに一人いたのだ。

◇　◇　◇

数少ない上級天使である両親の間に生まれたルキルは、将来を大いに期待される天才天使であった。彼女自身も由緒正しき血筋である事を誇りに思い、両親や周囲の期待に応えようと研鑽《けんさん》を重ね、それに見合う成長を遂げていく。小さな頃から慈悲深く、思慮深く、信仰深い。それでいて大人の上級天使も顔負けなほどに武芸と魔法に長《た》けていたルキルは、正に神童であり、次代の転生神であると誰もが考えていた。その思いは彼女自身も例外ではなく、自分こそが似つかわしい、だからこそ努力を重ねなければと心掛けていたのだ。事実、ルキルは転生神に相応《ふさわ》しい力と知性、精神を持っていた。

「……えっ？　い、今、何と？」

「もう一度言おう。次の転生神は天使メルフィーナとする。これは我ら長の総意である。メルフィーナは叡智の間へと進め」

「承知致しました」

しかし、次期転生神を決める運命の日、天使の長らが念話で呼び上げた名前はルキルではなかった。転生神エレアリスの役目を引き継ぐのはメルフィーナ、ほんの数日ほど前に外界から白翼の地《イスラヘブン》へと戻って来た、どこの馬の骨とも分からぬ天使であったのだ。

……いや、全く知らぬ天使という訳でもなかった。メルフィーナが知っているかは分からないが、ルキルは彼女が同世代の天使であり、閉鎖的な天使社会に嫌気が差して外界に出て行ったと、そう記憶していた。先日、とある理由により数百年振りに天使達が外界へと出向いた際、白翼の地《イスラヘブン》に施された結界を解除していたのだが、その機に乗じたのか、いつの間にかメルフィーナが戻って来ていたのだ。

「ルキル様ではなく、メルフィーナが次期転生神!?　こ、これは何かの間違いではないのか？」

「し、しかし、長達が不正を働くとは思えん。これは正当な判断の筈だ」

「こう考えてはどうだろうか？　メルフィーナは白翼の地《イスラヘブン》に戻れなくなる事を恐れず、外の世界へと向かった。それは天使である我々の誰よりも世界を知り、知見を広める事に繋《つな》がる。異種族との交流も、もちろん深めて来たのだろう」

「なるほど。転生神として真に値する者は、それだけの行動力がなければならないと？」

「今回の件を解釈するとなれば、そうなるだろう。ただ心優しいだけでは世界は救えぬ、ただ優秀なだけではまだ足りないと、そういう事なのかもしれぬな……」

「おい、口が過ぎるぞ。ルキル様も間違いなくアイドルとして、コホン！……転生神としての素質はあったのだ。今回はまあ、少々間が悪かった。それだけの事だ」

「それよりも俺、メルフィーナを、いや、メルフィーナ様をどうやって推していくかについて語りたいんだが？　横断幕とか作らないか？」

「いやいや、まだそれは気が早いだろう。ワシは最後の最後まで、エレアリス様を推し続けるよ」

長の言葉を聞いた天使達はざわめき、様々な憶測を立てていた。しかし、その中でルキルだけは、ただただその場で立ち尽くすのみであった。

「メルフィーナが、次の転生神……？」

彼女の記憶にあるメルフィーナは悪人ではないが、天使としての使命を捨てた、言わば落第者であった。天使として特に優れている訳でもなく、精神的にも特筆に値する者ではなかった。なかった筈《はず》だ。むしろ日頃の行いから察するに、怠惰であったとさえ思えるだというのに、次の転生神に選ばれたのはメルフィーナだった。

(なぜ……なぜ？　なぜ!?　なぜにメルフィーナがぁ!?)

これまでの天使生全てを、転生神となる為《ため》に捧《ささ》げて来たルキル。この時、彼女は生まれて初めて、他者に嫉妬や憎しみという感情を抱いた。初めてであるが故に、その悪《あ》しき感情は強力なものと化した。

――キィーン。

時同じくしてその瞬間、ルキルを含めた天使達《たち》全員に、ある影響が及んでいた。頭の中に響き渡る強い耳鳴りのような音、ルキルにはそれが酷《ひど》く不快に感じられた。それに加えて軽い眩暈《めまい》、吐き気を催した彼女は、堪《たま》らずに地面に片膝をつけてしまう。

(……？　今のは、一体……？)

暫《しば》くして、それら不快な症状は徐々に治まっていった。結局、今のが何だったのかは分からず終《じま》い。ルキルは更に嫌な気持ちになり、また、そうなってしまった自分に嫌気が差していた。

「あいたたた……ちょっと眩暈がしたようだ。もう歳《とし》かねぇ？」

「奇遇だな、ワシも少し頭が痛くなってしまった。はて、ところで何の話をしていたんだったか？」

「おいおい、爺様《じいさま》方。転生神メルフィーナ様の素晴らしさを如何《いか》に巫女《みこ》様に伝えていくか、それを論じるって話だったろ？　ボケるにはまだまだ早いぞ！」

「横断幕も作るんだろ！」

「「ああ、そうだったそうだった！」」

「……？」

ルキルが辺りを見回す。どうやら自分だけでなく、他の者達も同じ症状に襲われていたらしい。ただ、彼らの会話が何か胸に引っ掛かる。何か気持ち悪い違和感があるような……と、ルキルは何とも言いようのない気分になっていた。

「ああ、ルキル。ここにいましたか」

「まったく、捜したんだぞ？」

「お、お母様に、お父様……」

そんな風に思案するルキルに声を掛けたのは、他でもない彼女の両親であった。ルキルがいつ転生神になっても恥ずかしくないように、何よりも天使の模範となるようにと、両親は誰よりもルキルに期待してくれていた。

「も、申し訳ありません。お父様にお母様も、長《おさ》の念話を聞きましたよね？　ルキルは、転生神になれませんでした……」

そんな両親を前にルキルは頭を下げ、心から謝罪した。自分がエレアリスの次に尊敬する、心優しい両親の事だ。感情を前に出したりルキルを叱咤《しった》したりはしないだろうが、少なからず残念に思っている筈。両親の期待に応えられなかったと、ルキルは自責の念に駆られていた。

「……？　ルキル、何を言っているんだい？　転生神になるも何も、我々が崇《あが》めるはメルフィーナ様だけだろう？　ルキルが心配せずとも、この世界は安泰そのものだよ」

「フフッ、ルキルったら疲れているのかしら？　さ、帰りましょう。メルフィーナ様と共に、世界の安寧を支えていかないとね」

「……え？」

一瞬、ルキルは両親が口にした言葉の意味を、理解する事ができなかった。理解する事を、彼女の頭が拒否してしまった。しかし、いつまでも理解を拒んでいるほど、彼女は子供でもなかった。

（これは……私以外の天使の記憶が、改竄《かいざん》されている？）

聡明《そうめい》な彼女は勘も良かった。そして、周囲の様子や反応を観察、その他の検証を重ねるごとに、ルキルは確信を深めていく。あの謎の症状を経て、自分以外の天使達の認識が変化している。具体的に言えば、メルフィーナが転生神である事を、当たり前の如《ごと》く認識しているのだ。ずっと前からそうであるように、自然と頭の中に馴染《なじ》んでいる。一方で白翼の地《イスラヘブン》に帰って来た天使のメルフィーナの事は知らず、その事を口にすると不敬だぞと注意までされてしまった。……まるで、ルキルが転生神を目指していた事を知らないように。

（違う、まるでじゃない。お父様にお母様、他の皆も知らないんだ。自分達の記憶が書き換えられている事に……それじゃあ、なぜ私だけが正気のまま？）

熟考に熟考を重ね、ルキルはある考えへと思い至る。長達の指名、天使達の記憶改竄――それらは全て、メルフィーナが仕組んだ事ではないのかと。

「……ッ！　このタイミングで戻って来たのは、そういう事だったのか！　メルフィーナ……！　メル、フィ――ナァァア！」

ルキルは叫んだ。心を偽り、不正行為で転生神になった事に飽き足らず、自分だけを正気でいさせた偽神の邪悪さに憤慨した。生き甲斐《がい》と目標を奪った偽神を、心の底から呪った。そして、ルキルは決心したのだ。いつか必ずこの偽神を欺き、復讐《ふくしゅう》をしてやると。以降、彼女は数百年以上を模範的な天使として振る舞い、機会を伺い、神殺しの刃《やいば》を研ぐ事となる。神となる筈だった聖女は、復讐の魔女へと生まれ変わったのだ。

◇　◇　◇

運命の日から数百年後。十権能《じっけんのう》の前に姿を現した彼女は、紛れもなくルキルであった。黄金の髪をなびかせ、天使を体現しているとも言える、慈悲深い雰囲気を晒《さら》し出している。ひと目見れば誰もが聖女、聖人と称してしまうであろう、神聖なるオーラが可視化されているようだった。それほどまでに、彼女の存在は神聖そのものだったのだ。……ただ一つ、彼女の天使の輪と翼が漆黒化している、という点を除けば。

「十権能の皆様、お招き頂きありがとうございます。ルキル、ここに参上致しました」

ルキルが片膝をつき、こうべを垂れる。その様は完全に十権能に服従しているように見える。少なくとも、見た目だけは。

「ルキル、改めて君には礼を言っておかなければならないな。君が天使の長の肉体を義体として調整し、地上の同胞らに働き掛けてくれたお蔭で、我々はこの世界に予定よりも早くに降り立つ事ができた。言うなれば君は、我々が復権する機会を作ってくれた訳だ」

「もったいないお言葉です」

十権能のリーダー、エルドが謝辞を述べるも、ルキルは抑揚のない言葉で返す。あまりその話には関心がないような、そんな様子だ。

「フッ。エルド、この女は礼など要らないとさ。前置きを飛ばして、さっさと話を進めてやったらどうだ？」

「どうやらそのようだな。ルキル、我々には君の願いを叶《かな》える用意がある。先代の偽神であるメルフィーナの殺害、それが君の願いだったな？」

「……」

ルキルは何も答えない。メルフィーナという名前に反応する訳でもなく、動揺する事もない。彼女はただ、エルドの次の言葉を待っていた。まるで彼ら十権能を見定めるように、ジッと。

「……沈黙は肯定と捉えよう。これから我々はこの世界の浄化、その第一段階へと取り掛かる。浄化対象は我らが神の障害になり得る存在、つまりは君の狙いであるメルフィーナも含まれている。君には我ら十権能の一人に同行してもらい、浄化作業の手伝いをしてもらおうと考えているのだが……どうだろう、やってくれるか？」

「もちろん、それは私にとって願ってもない申し出ですから。ただ、同行という形になっているのは、どういった意味が含まれているのでしょうか？　御力《おちから》を貸して頂けるのは大変有り難いですが、私一人だけでも、どうとでもなります。私としては、自由にやらせて頂きたいのですが？」

「ルキル、敵をあまり過小評価しない方が良い。それが如何に低俗で、自分よりも劣る者だったとしても、一度は君を欺いた相手なんだろう？　ならば、油断はしない事だ」

「……」

　エルドとルキル、双方は全く表情を変えないが、取り巻く空気が非常に重くなっている。肌に刺さるような痛さもあり、近くにいたレムなどは、また愚図り始めてしまうほどだった。

「カカッ！　小娘よ、何もワシらはお主が心配なのではない。地上の堕天使共の情報によれば、お主のお目当てである元偽神、今はレイガンドという国におるんじゃろ？　そこにはワシらも用があっての。同行するというのは物のついで、そう、ついでに付き添うくらいのニュアンスなんじゃて。お主が単独で片を付けられるのなら、それに越した事はない。ワシらは一切手出しをせんよ。まあ、危機に陥れば話は別じゃがな？」

「……分かりました。ならば、それで結構です」

　両目を閉じたルキルは、これを了承した。

「ぐすっ……それじゃ、誰が行く……？」

「まあ、レムではない事は確かじゃろうな。今のお主が誰かと連携できるとは思えんからのう」

「うう……」

　レムは未《いま》だに目に涙を溜《た》めていた。十権能であるほどの力は持つが、どうやら彼女は極度の泣き虫でもあるようだ。

「リドワン、君がルキルに同行してくれ」

叡智《えいち》の間、その入り口の近くに座っていた十権能に、エルドは声を掛けた。

「……」

鉄仮面を被《かぶ》った巨漢が、無言のまま立ち上がる。声を発する事はなかったが、これが彼なりの了承の合図であるらしい。

「決まりだな。レイガンドには既に我らの手の者が潜んでいる。詳細はその者らに聞くといい」

「……」

巨漢の仮面堕天使、リドワンが小さく頷《うなず》いて見せる。

「寡黙な方ですね。では、参りましょうか。それぞれの目的を達成する為に」

「ルキル、もしも目的を達して無事にここへ戻って来られたのなら、君に我らの力の源、『権能』を授けよう。成果を期待している」

「……ありがとうございます。では」

次の瞬間、ルキルとリドワンの姿は叡智の間から消えていた。レイガンドへと向かったようだ。

「……エルド、あの女をどこまで信用している？　俺の目には従順そうには、とても見えないのだがな。むしろ、自らの目的の為に我々を利用しようとしているぞ」

「逆に言えば、ルキルも私達が完全に信用しているとは思っていないだろう。地上産の天使としては優秀なのかもしれないが、いつ飼い犬に手を噛《か》まれるか予想できないほどに獰《どう》猛《もう》でもある。見た目とは裏腹だ」

「ああ、外面こそ取り繕っているが、アレは我々の目的とは別のものを先に見ている」

ルキルの存在に、ケルヴィムとグロリアが苦言を呈する。

「分かっている。二人の言う通り、彼女は少しでも隙を見せれば裏切る、特大の火薬庫のようなものだ。上手《うま》く扱うのは難しいだろうな。我々を復活させたのは、あくまでメルフィーナに対する嫌がらせか……まあどちらにせよ、彼女が我々に協力する理由はその程度のものだ」

「カカッ！　嫌がらせで世界を巻き込むか！　何とも大胆な女じゃのう、気に入ったわい！」

「そ、そんな奴《やつ》に、協力するの……？　怖いよ……」

「……火薬庫であると同時に、ルキルのメルフィーナに対する狂気も本物だ。何せ数百年もの間、機会を窺《うかが》い、自分を偽り、他の天使を騙《だま》して力を蓄えて来た魔女なのだからな。偽神の有力候補だっただけあって、実力もこの世界ではトップクラスだろう。事と次第によっては、ルキルは我々の障害となり得る。だからこそ、協力する。協力して、ここで駒として使い潰すのだ」

「ああ、なるほど。だからルキルの関心がメルフィーナへと向かっているうちに、それらで潰し合いをしてもらう狙いですか。そして、生き残った方をリドワンに始末させる……

エルドさん、なかなか策士ですね」

「ふむ……じゃが、あの様子から察するに、奴《やっこ》さんもそれは承知の上じゃろう？　ともすれば、先にリドワンと敵対せんか？」

「彼女の目的は、あくまでメルフィーナだ。その目的を果たす前に、下手に消耗するような真似《まね》はしないだろう。まあ仮にそうなったとしても、リドワンが動くだけの事だ。バルドッグ、万が一にもリドワンが負けるような事があると思うか？」

「フッ、あり得ませんね。何せ彼は、僕の――」

「――バルドッグ、止《や》めろ。その話はきっと長くなる。しかし、エルドよ。その万が一が起こって、リドワンがルキルとやらに負けたらどうする？　十権能は神の両指となって動く至高の存在、下手な損失は責任が問われるぞ？　サブリーダーとして、その辺りを心配してしまうなぁ」

ケルヴィムが歯に衣《きぬ》着せぬ物言いで、エルドに訊《たず》ねた。

「そうだな。その時はリドワンの代わりとして、彼女に十権能の末席を担ってもらうのはどうだ？」

「……何だそれは？　火薬庫を自ら抱え込むと言うのか？」

「カカカカッ、ワシは賛成するぞ！　選ばれし者だけが世界に君臨する、それが我らの主義思想だったではないか！　本当にメルフィーナとリドワンを倒したとなれば、ルキルこそが十権能に真に相応《ふさわ》しい者となるのは道理！　カカッ、良いのう、愉快じゃのう！」

「うう、ハザマ、声が大きい……」

「ふん、起こり得ない話は無益ですよ」

ハザマが一頻《ひとしき》り笑い、レムが耳を塞ぐ。一方で、バルドッグはどこか不機嫌そうだった。

「ならば、有益な話をするとしよう。レイガンドへ向かう者は決まった。次に浄化最大の脅威、偽神ゴルディアーナと勇者セルジュについてだが……殺《や》りたい者は？」

◇　◇　◇

「ふう、まあこんなもんかな？」

「満足の出来」

「これぞ鉄壁の要塞、いえ、氷壁の要塞ですね」

天使の避難所、その改築工事を終えた俺は、青ムド、ロザリアと共に満足していた。視認できない風の結界、アイスキャンディー風味の氷壁による二重の守り。そして俺とムドが作った氷やら鋼やらのゴーレム軍が、自動で外敵を排除してくれるよう、狙撃台に配置しておいた。その他にも、誘発式のトラップなども諸々《もろもろ》設置。ラファエロさん達《たち》自身もそれなりに戦えるようだし、これでそこいらの堕天使レベルであれば十分に対抗可能だろう。

「皆の者！　この圧倒的な要塞を見よ！　私達は今、神の奇跡を直《じか》に目撃しているのだ！」

「「「「おおー！」」」」

「「「「メール様！　メール様！　あそれっ、メール様ッ！」」」」

「……あなた様、助けてください」

俺達が作業をしている間に何が起こったのか、メルは天使達が担ぐ神々しい神輿《みこし》の上に座っていた。周りには法被《はっぴ》を羽織り、特製のメル団扇《うちわ》を手にした天使達で一杯だ。ラファエロさんはこれまた特製の大旗を振るい、応援団長と化している。

「どうしてこうなった？」

うん、本当にどうしてこうなった。分かってはいたけど、コレットが増殖したが如《ごと》くの賑《にぎ》わいっぷりだ。メルが乗る神輿にはお供え物（？）の大量のフルーツが添えられているが、今のメルにはそれを口にする元気もないようだ。飯さえ食っていれば、基本いつでも元気なメルも、流石《さすが》に今ばかりは――あ、いや、違う。超高速でしっかり食ってる。食ってるけど、周りの天使達も超スピードで次々とお供えをしていくから、フルーツが減っているように見えなかったんだ！

「……いや、お前本当に何してんの？」

「クッ、しゃくしゃくしゃく……これは決して、餌付けされている訳では、ゴクン！」

「主《あるじ》、大変！　あれらはどれも……高級！　フルーツ！　私にも食べる許可がほしい……！」

見ただけで全てを理解する、ムドの甘味サーチアイ。まずはそのヨダレを拭きなさい。

「あー、マスター。これからどうするんだ？　何か直《す》ぐには出発できねぇ雰囲気だぞ？」

「それなんだよなぁ。文字通り神輿に担がれてるメルをあそこから連れ出すのは、正直かなり骨が折れそうだ。ここでの用件は終わったから、俺としてはさっさとレイガンドの首都に向かいたいんだが……」

「ご主人様、メル様に直接言って頂いては？　メル様の言葉なら、天使の方々も素直に従うと思いますが」

なるほど、確かに。だが、あのフルーツ天国にいるメルが、自分から抜け出したいと言えるだろうか？　まあものは試しだと、メルに念話を送ってみる。

『メル、そろそろ出発したいから、そのお祭り騒ぎを止めるように言ってやってく――』

――ギギギ。

それは、ちょうどそのタイミングに現れた。異様な音と気配、異常な魔力の捻じれを察知した俺は、それが出現しようとしている方向へと、大急ぎで視線を移す。

「何だ、ありゃあ？」

どうやらパウル君も俺と同じ感想を抱いたようだ。俺達の視線の遥《はる》か先、恐らくはレイガンドの首都付近、その上空に純白の杭《くい》が現れたんだ。距離が遠い為《ため》に、正確な大きさは把握できない。が、ここからでも視認できるって事は、相応のでかさって事なんだろう。空間を裂いたかの如く、突然空に出現したその杭は、徐々に高度を落として地上に降り立とうとしている。

十権能《じっけんのう》による攻撃なのか、それともあの杭を地上に打ち込む事で、何らかの影響を及ぼすものなのか、目的は不明だ。ただ、俺達にとって良くない不吉なものだって事は、本能的に理解できる。クロメルが乗っていた方舟《はこぶね》に近い感覚かな？　しかもそれがレイガンドだけでなく、地平線の遥か向こうで他にも何本か感じ取れてしまうのだから、実に困ったものである。あの杭を含めて、たぶん……全部で三本、くらいか？　兎《と》に角《かく》、少なくとも敵は、あれだけのデカブツを転送できる能力、そして作り出す力を有している。それは確定だ。

「ま、まさかアレは……!?」

「ラファエロさん、ご存じなんですか？」

「ええ――って、ケルヴィン様!?　顔が凄《すご》い事になっておりますぞ!?」

え、嘘《うそ》？

「申し訳ございません。ご主人様のそれは持病のようなものでして。ただ、見た目以外に害は皆様には及びませんので、どうかお気になさらず」

「そ、そうなのですか？　ううむ、地上には私達の理解の及ばぬ病があるのですな。奇妙な事です」

感性がコレット基準なラファエロさん達だけには言われたくないんだが。そしてロザリア、地味に説明が酷《ひど》くない？　見た目だって害はないんだぞ、俺は。

「って、そうじゃない！　俺の顔についてはさて置いてください！　それでラファエロさん、あの杭について何か知っているんですか？」

「ええ、我々天使に伝わる古い神話の伝承に、あの杭に類似した記述があるのです。世界が終末を迎える時、天より裁きの杭が降臨する。杭は大地に神罰を刻み、滅びをもたらすと」

「神々の大戦以前の神話ですね。過激派の神――今で言うところの邪神派の者達が、不適当な世界を滅する際に、そのような活動をしていたとされています。あの杭は攻撃であり、終末の宣告なのです。もちろん、私自身あのようなものを目にしたのは、これが初めてですが」

「アレってそんな大層なものだったのか……じゃ、撃墜しても良いって事だよな？」

黒杖《こくじょう》ディザスターを取り出し、大風魔神鎌《ボレアスデスサイズ》を付与する。そして構える。距離的には厳しいが、一点集中させた斬撃ならギリ届くだろう。何よりも的がでかい。これを外す俺じゃないぜ、十権能さんよ。

「あなた様、仮に撃墜したとなれば、真下が色々と不味《まず》い事になるのでは？　あれだけの大きさです。破壊された瓦礫《がれき》が落ちる量も、相応のものになると思いますが」

「仮に真下がレイガンドの首都だとすれば、結果は悲惨なものになる。それで良いなら、私も狙撃する？　ぶちかます？」

「待て待て！　あそこは俺の故郷で——い、いやっ、マスター・ケルヴィンの事だ！　何か考えがあるんだろ!?」

「……」

なるほど。俺らからの先制攻撃を見越して、密集地の真上に現れたのか。となれば、全てを切り裂く大風魔神鎌《ボレアスデスサイズ》による斬撃を放つのは、あまりよろしくない。クッ、卑怯《ひきょう》な……！　あと、ここからどうしたものだろうか。もう大鎌を振りかぶっているんだよな、俺。格好つけた手前、ちょっと止め辛《づら》い。

「……風神脚《ソニックアクセラレート》×4」

熟考の末、放とうとしていた斬撃の魔力を転化させ、風神脚《ソニックアクセラレート》を詠唱、更にはそれっぽくポーズも変更する。これにより、俺とメル、ムドとロザリアのスピードがアップ。すかさず、次の作戦を口にする。

「遠くから撃ち落とすのが駄目なら、真下から何とかしてやろうじゃないか。皆、全速力であの杭の下に行くぞ。という事でラファエロさん、メルのファン感謝祭はまたの機会にお願いします」

「え？　あ、はい、お気をつけて……？」

「ほら、メルもぱっぱと神輿から降りる。風神脚《ソニツクアクセラレート》の効力は有限だぞ」

「うう、助かりましたが、フルーツは名残惜しい……」

何とも言えぬ空気の中での機転、そう、これは機転である。神輿からメルを降ろす事に成功し、レイガンドへ出発する口実を手に入れたと考えれば、まあ何とか誤魔化せるだろう。うん、多分通せる。後は移動するだけだ。

「よし、行こう！　杭は俺達を待ってくれないぞ！」

「ま、待ってくれ、マスター！」

あと少しだったのに、神妙な様子のパウル君に呼び止められてしまった。クッ、やはり無理があったか!?

「俺だけ魔法が付与されてねぇんだけど!?」

「……急いでるから、パウル君は留守番で」

大丈夫だった。

◇　◇　◇

ごく自然な形で天使の避難所を抜け出した俺達は、そのまま飛んで杭の下へと向かう事に。が、よくよく考えれば、竜化したロザリアとムドに騎乗すれば、俺やメルまで飛ぶ必要がない事に途中で気が付く。

「仕方がないさ、何事にも過ちはある」

そんな学びを得て、残っていた風神脚《ソニックアクセラレート》の効力をロザリア達に移し替えるのであった。

「よし、これで多少効果が長続きするだろう。本当ならⅡ《デュアル》以上の『魔力超過』を施しておきたいところだけど、アレは効果時間が短くなるから、長距離移動には適さないんだよなぁ」

「そこは使い分けですね。ですが、あなた様も随分と器用に魔法を扱えるようになりましたね。一度付与した補助魔法を他の対象に移し替えるなんて、なかなかできる事ではありませんよ？　そうですね……S級冒険者でも可能なのは、アートくらいなのでは？　次点でシルヴィアがあと一歩といった感じです」

「まあ、これでも魔法の本職だからな。日頃からメルにも鍛えられてるし――って、メル、アートの事を知っていたのか？　対抗戦の時、メルは留守番していた筈《はず》だろ？」

「これでも元転生神でしたからね、私。表立った強者《つわもの》の実力は把握していますよ。アートは冒険者としても、最古参の部類ですし」

確かにそう考えてみたら、そうなのかも？

「ご主人様もメル様も、何だか怖いくらいにいつも通りですね。一応、今って緊急事態ですよね?」

「ん? まあ、そうだな。戦いに向けて気を昂《たかぶ》らせるのも大切だが、それ以上に自然体でいるのも大事なんじゃないか? うん、きっとそうだ」

「と言いますか、あなた様は平時から激戦を渇望している状態ですからね。オンオフの切り替えが凄《すさ》まじく早いんですよ。表情を見れば分かりやすいでしょう?」

「「なるほど、確かに」」

綺麗《きれい》に声を揃《そろ》えるロザリア&ムド。今は全力で飛んでいるからできないが、両手が空いていたらポンと手を叩《たた》いていただろう。ったく、流石にもうツッコミは入れないぞ。

「それよりも主、パウルは置いて来て良かったの? 凄く不満そうだった」

「いやー、ムド達《たち》に乗って行けば問題なかったんだけどな。あの時はその事に気付いてなかったし、パウル君の足じゃ遅いしで、置いて行くしか選択肢がなかったんだよ。まあ何よりも、十権能との戦いについて来れそうになかったたし」

「パウルを連れて来たのは、あくまで道案内としての意味合いが強かったですからね。それも空を飛んで一直線に向かう今となっては、あまり意味がありませんし、結果として留守番で正解でしょう」

まあパウル君の性格上、自力で首都まで来てしまいそうではあるが、その辺は自己責任かな。師匠を気取って鍛えてはいるが、あいつはあいつで立派なA級冒険者なんだ。自由が信条の冒険者の行動を、そこまで制限する権利は俺にない。行けると思ったのなら、勝手に来いって感じだ。

「主、大きな城が見えて来た。多分、アレが目的地」

「ああ、その真上に例の杭もあるもんな」

飛ばしに飛ばし、漸《ようや》く目的地が目と鼻の先にまで迫る。視界に入るは、石造りで古風な印象を受ける王城と城下町。絶えず雪が降っている為か、石なのに全体が白っぽく見える。規模としてはトライセンの首都と同じくらいだろうか。東大陸の四大国に並ぶとは、相当に立派なものだ。

「城の周りに大規模な結界が一枚、更に街の周りにも同規模の結界が一枚、か。二重の守りを展開しているのも、トライセンの防衛態勢と似ているな。あの規模の守りなら、大抵の攻撃は防ぐ事ができるだろう。けど――」

「――正直、あの巨大な杭を受け止め切れるかどうかは、微妙なところですね」

レイガンドが展開している結界に、隙らしい隙はない。恐らくは手練《てだ》れの魔導師が何百人単位で運用する、大国を護《まも》るに相応《ふさわ》しい結界だ。だがしかし、その結界に落ちようとしている巨大な杭は、俺達の想像以上にスケールの大きなものだった。でかい。兎に角でかいのだ。形状こそ白い杭でしかないが、その長さはレイガンドの王城の高さをも超えている。そんなものが落下して来たら……メルの言う通り、レイガンドの結界で防げるという確証は持てない。

「けど、杭がゆっくり落ちてるのは、目的がよく分からないな。破壊が目的なら、ストンと落下するもんだと思うが」

「その場合、ストンでは済みそうにありませんけどね」

「ご主人様、まもなく到着しますが」

「ああ、結界と杭の間に入り込んでくれ。そこで迎撃する」

「承知しました」

「了解」

ロザリアとムドがスピードを上げ、俺が指定した位置へと接近&到着。おお、真下から見ると一段と迫力が違うな。こんなのに暫《しばら》く晒《さら》されていたレイガンドの住民達からすれば、恐怖以外の何ものでもないだろう。

「主《あるじ》、城下町は凄く混乱しているみたい。兵隊も沢山いる」

「そりゃあ、国の中枢のピンチだからな。混乱するし、戦力だって出せるだけ出すだろうさ」

「おまけに、私達が唐突に現れましたからね。それも地上の方々が狼狽《ろうばい》する要因になっているかと」

「ちなみにですが、氷国レイガンドにとって竜は恐怖の象徴です。建国当時に氷竜王である母様に戦いを仕掛けて、見るも無残に大敗した歴史がありますからね。それが恐怖に拍車をかけているのかと」

あー、竜王クラスのムドに、次期竜王候補ロザリアの竜化した姿は、レイガンド国民にとってトラウマな訳か。後で何と説明したら良いものか、考えるのがちょっと面倒臭いな。

「よし、真下の対応を考えるのは後回しだ！　それよりも今は、このでっけぇ杭《くい》を何とかするぞ！」

「どうにかすると言っても、どうするのです？」

「取《と》り敢《あ》えず、ぶっ壊す！」

二度目の正直、再び大風魔神鎌《ボレアスデスサイズ》を展開させた俺は、大鎌を構えながら杭を見据える。墜落を危惧して先ほどは攻撃を取り止《や》めたが、この位置取りならその心配はない。何せ、瓦礫になって落ちて来るものは、真下にいる俺らが処理してしまえば済むからだ。それに首都の周りには、曲がりなりにも国を守護する結界もあるんだ。多少撃ち漏らしても、その程度なら自力で防いでくれるだろう。

「さて、鬼が出るか蛇が出るか、楽しみだなっと！」

渾身《こんしん》の極大斬撃を、巨大な杭に向かって縦に振るう。そのまま直撃すれば真っ二つコースな訳だが、杭さんはどう対抗して来るかな？

「ん？」

斬撃を放った直後、杭の先端にあった小さな隙間から、何かが勢い良く飛び出したのが目に入った。色が白で統一されていたから、遠目には分からなかったが……よくよく見ればこの杭、細部がかなり複雑な造りになっている。それこそ、ＳＦかってくらいの機械構造だ。何これ、杭型の宇宙船か何か？

『って、今はそれどころじゃなかったな。気をつけろ、やば美味《うま》そうな気配を纏《まと》った何かが出て来たぞ！』

『主、やば美味そうって何？』

『やべぇなヨダレが出ちまうくらい美味そうだぜ、へっへっへ！　の、略称です』

『流石《さすが》はメル様、ご主人様の事をよくご存じで』

何だろう、そこはかとなく悪意を感じる。

――ギイィィ――――ン！

「ッ！」

俺達が馬鹿をやっている最中に、それは起こった。大風魔神鎌《ボレアスデスサイズ》の斬撃が、俺達の眼前で弾《はじ》けたのだ。

『……俺の目が狂ってなければ、ついさっき杭から出て来た何者かと衝突して、斬撃が破られたように見えたけど？』

『奇遇ですね。私にもそのように見えました』

『メル姐《ねえ》さんに同じく。アレって防げるんだ、新発見』

防げる？　いやいや、躱《かわ》すでもなく、正面から受けて弾かれたのは、ジェラール以来の事だよ。その証拠に、大風魔神鎌《ボレアスデスサイズ》は決戦時のクロメルだって斬ってくれたんだ。いやはや、こんなところで貴重な経験を得る事になるとは、世の中分からないものだな。

「よう、初めましてだよな？　自己紹介しとくか？　それとも、早速始《バト》めようか？　俺はどっちでも良いぞ、アンタが行動で示してくれ」

「……十権能《じっけんのう》が一人、『不壊《ふえ》』のリドワン・マハド。偽神メルフィーナ、及びその使徒らの抹殺を開始する」

杭から出て来た奴《やつ》、話が分かる奴で大助かりである。

◇　◇　◇

俺達の目の前に現れたのは、鉄っぽい仮面を被《かぶ》った大柄な堕天使だった。仮面だけでなく、全身が金属製の装甲で覆われていて、ジェラールみたいにガッチガチの守りとなっている。今の見た目だけだと、とても天使とは思えない風貌だ。天使の翼や輪はまだ顕現していない状態だから、正確には堕天使なのかもまだ不明ではあるのだが……自分で十権能と名乗っている辺り、まあ堕天使なんだろうと思う。何よりも、奴が纏っている強敵オーラが本物のそれなのだ。そこらの堕天使とは一線を画しているのは間違いない。

しかし、『笛』のリドワンだって？　何だろう、変わった二つ名だな。音を使って戦闘でもするんだろうか？　見かけによらず、アートと同じタイプとか？　オカリナとか出したりしないよな？　まあ、それも戦ってみれば分かる事か。よし、戦おう。

「嬉《うれ》しい台詞《せりふ》を言ってくれるじゃないか。偽神だとか使徒だとか、まあそこそこのツッコミどころはあるけど、今はそんな事なんてどうでも良い気分だ」

「ならば、これ以上の言葉は不要。作戦を実行――」

――ガァン！

「「!?」」

お楽しみの時間が始まろうとしていたこのタイミングで、唐突に奴、リドワンの頭部から結構な打撃音が鳴った。金属製のバットで頭部をフルスイングしたような、そんな音だ。当然ながら、俺達はまだ攻撃を開始していない。むしろ、ポカンとしてる。

「リドワン様、勝手に何をされようとしているのですか？」

「……ルキル、貴様こそ何のつもりだ？」

「ああ、やはり喋《しゃべ》る事はできたのですね。少し安心しました」

リドワンの背後に、金髪の美女が颯爽《さっそう》と現れる。俺の見間違いじゃなければ、杭の中から彼女が飛び出し、そのままリドワンの頭に強烈な踵落《かかとお》としを食らわせたように見えた。

言葉遣いこそ丁寧だが、彼女からはリドワンへの敵意が見え隠れしている。何だ何だ、仲間割れか？　なら、二人の間にちょっと俺も入らせてくれ――

「――って、ルキル？　アンタ、ルキルって名前なのか？　天使達のうちで行方不明になってる、あの？」

「……ええ、その通りです。お久し振りですね、メルフィーナ」

「久し振り、という言葉すら足りないほどに久しいですけどね、ルキル」

意外な事に、彼女は自身がルキルである事を素直に認めた。メルも頷《うなず》いているから、嘘《うそ》でない事は確定だろう。リドワンとは違い、こちらは翼と輪を顕現しており、その色は漆黒で統一されている。つまるところ、堕天使カラーである。むう、雲行きが怪しくなって来た。一応、ラファエロさんから捜索願いが出ていたんだけど……十権能と一緒にいる辺り、そういう事だと理解して良いのかな？

「リドワン様、メルフィーナの相手は私がやるというお話でしたよね？　だと言うのに勝手に抹殺を開始するなどと、馬鹿な真似《まね》はしないでください。殺しますよ？」

うん、そういう事なんだな。そういう事だと完璧に理解した。ハハッ、図らずも戦う口実ができてしまったぞ。

「私は聖杭《ステーク》の防衛に出たままでだ。それよりも貴様、漸く尻尾を出したな？　姑息《こそく》な女狐《めぎつね》め。

だがしかし、約束は守ろう。私には他にすべき事がある」

　そう言うや否や、上空へと舞い上がり、飛び立とうとするリドワン。当然、俺はそこに待ったをかける。今日一番の反応速度でかける。

「おいおい、そんなつれない事を言うなよ？　まだ一戦も交えていないんだぜ？」

『魔力超過』込みの風神脚《ソニックアクセラレート》を自分に付与し、大急ぎで回り込む。他の目的とやらが何なのかは知らないが、それよりも俺に構って頂きたい。

「……ルキル、出番だ」

「私はそちらの方には興味がありません。抹殺してくださって結構です」

「……」

　なかなかに勝手な美人さんである。しかし、なるほど。段々と話が見えて来た。ルキルは堕天使ではあるが、十権能と完全な協力関係にはないらしい。そして、彼女が執着しているのはメルのみ。悲しい事だが、俺には毛ほどの興味もない様子だ。まったく、どこの天使もメルに夢中だな。軽く嫉妬しちゃうよ。

『メル、折角のご指名だ。ルキルの相手は任せても良いか？』

『はて、因縁をつけられるような心当たりはないんですけどね。まあ、それで構いませんよ。あなた様はそちらの十権能を？』

『ああ、今はこいつに興味関心マックスだ。喜んで相手させてもらうよ。ムドとロザリアは攻撃の余波が地上に向かわないように、その辺の気を配っていてくれ。敵の実力は未知、どれだけ激しい戦いになるか分からないからな』

『承知致しました』

『了解』

――ガシャン！

という訳で、十権能リドワンと改めて対峙《たいじ》する。向こうもやる気になってくれたようで、堕天使の翼が顕現して……いや、何か違うな。メルフィーナやルキルは魔力を掻《か》き集めて、それが翼として視覚化できるようになった形だけど、リドワン《こいつ》が今背中に出した翼は、妙にメカメカしいものだった。二足歩行のロボットに装着されている、ハイテク飛行ユニット？　うん、言ってしまえばそんな感じである。ガシャンて音出したぞ、ガシャンて。ぶっちゃけ未来的で格好良いし、うちのゴーレムに取り付けたい。参考資料として貰《もら》えないかな？

「……その仮面の下がどうなっているのか、確認するのが今から楽しみだよ」

「無意味な感情だ。貴様はここで断罪されるのだからな」

「そうかい！　そいつもまた楽しみだ！」

宙を蹴り、リドワンへと突貫を仕掛ける。対する奴は――あ？　仁王立ちのまま静止だと？

「来い。受け止めてやろう」

「ハッ！　サービス精神旺盛じゃないか！」

どうやら奴《やっこ》さんは、自分の耐久力に余程自信があるらしい。そういや、さっきも俺の一撃を弾いてくれたんだったな。じゃっ、お言葉に甘えて直《じか》に見せてもらおうか！

――ギィギィン！

すれ違いざまに首元に一鎌、土手っ腹にもう一鎌を食らわせる。次いで聞こえて来たのは、大風魔神鎌《ボレアスデスサイズ》で斬ったとは思えないほどの、鈍い音だった。

「ハハハッ！　マジで斬れないのかッ！」

もう一度切り返して奴の背中や翼に大鎌を振るうも、結果は同じだ。リドワンが纏っている装甲や翼には傷一つ付いておらず、逆にそれらに触れた瞬間、大風魔神鎌《ボレアスデスサイズ》の刃が欠けてしまう。嘘偽りなく、リドワンは大風魔神鎌《ボレアスデスサイズ》を真っ向から防いでくれたのだ。っと、歓喜に震えている暇はない。ここは冷静に、そう、理性的に。そうやって何とか理性を保たせ、並列思考のいくつかを解析に回す。

大風魔神鎌《ボレアスデスサイズ》がまだ杖《つえ》に付与されているのを見る限り、シルヴィアの固有スキルみたく、魔法を無力化している訳ではないらしい。俺の認識では、大風魔神鎌《ボレアスデスサイズ》には万物を斬り裂くって概念が宿っている。それに対抗するって事は、ジェラールの『斬撃無効』みたいな、絶対に破壊されないって概念を装備に付与している可能性が高いかな。ん？　ああ、そうか。『笛』じゃなくて『不壊《ふえ》』なのか。やっぱその線が濃厚そうだ。

「これで分かったか？　貴様の攻撃では、私に傷一つ負わせる事はできん」

「ああ、分かったよ。もっと創意工夫が必要だって事がな！」

大風魔神鎌《ボレアスデスサイズ》に『魔力超過』を限界まで施し、その暴力性を増幅させる。大鎌自体も凶悪に肥大化して、杖を持っているだけでも制御が難しい状態へと移行。ただ、今はこのじゃじゃ馬っぷりが頼もしく感じられる。

「創意工夫と言いつつ、やっている事は出力を強化するのみか。底が浅いな」

「何事もまずは基本からだろ？　それに、俺だってこれで解決するとは思っていないさ。お前はもっとワクワクさせてくれるって……そう信じているからなぁっ！」

俺が大鎌を振りかぶって前に踏み込むと、リドワンも前傾姿勢になりながら翼からバーニアを露出させ、激しい炎を噴出。俺達《たち》は真正面から激突しようとしていた。

◇　◇　◇

極大化させた大鎌を、奴が纏う装甲の繋《つな》ぎ目《め》、所謂《いわゆる》可動部をなぞる形で叩《たた》き付ける。じゃじゃ馬の制御は困難、だからこそ正確に精密に大鎌を扱い切り、最高のタイミングでリドワンを八つ裂きにした——つもりだったんだが。

「懲りないものだな」

「クッ……！」

大鎌はリドワンを断つ事ができず、再びその刃《やいば》が欠けてしまう。更に猛烈な速度で迫る鋼鉄の肉体が、俺に衝突しようとしていた。接触する間際に体を捻《ひね》り、俺はこのタックルをギリギリのところで回避。思惑は外れてしまったが、こちらだけダメージを負うという、最悪な事態は避けられた。

やっぱ、単純に出力を上げただけじゃ駄目か。まあ、これは流石《さすが》に予想通りである。しかし、あの機械的な翼の噴出込みのものとはいえ、スピードも結構出るもんだ。普通、アレだけガッチガチに防御を固めていたら機動力は落ちるものだが、瞬発的な速度でいえばセラくらいの速さはありそうだ。強固で速い、つまりは危ない。走る凶器である。

「フフッ、困ったなぁ。万が一にも当たったら、吹っ飛ばされるだけじゃ済みそうにない。ああ、困ったよ。どうしてくれようか！」

「何を笑う？　気でも触れたか？　まあいい。ならば、今直《います》ぐ楽にしてやろう」

翼のバーニアが噴出向きを調整して、かなり無理のある軌道を描きながら、リドワンが再びこちらへと向かって来る。旋回能力も良好、これが十権能《じっけんのう》の基礎値であるとすれば、他の面子《メンツ》も相当に強い事に――

――ダァダァダァダァダァダァ――――ン！

「おおっと!?」

突然の轟音《ごうおん》に思考を遮られ、そして驚く。それは紛れもない銃声で、それも連続したものだった。迫り来る弾幕を躱《かわ》しながら、その大元を注視する。未《いま》だに続いている銃声を鳴らしていたのは、いつの間にやら奴《やつ》の右肩に装着されていた、機関銃のような大層な代物。撃ち終わった薬莢《やっきょう》が絶えず放出されているし、もろに実弾だ。いやいや、お前本当に天使かよと!? つうか、本当にいつそんなデカブツを取り出した!?

「む？ この対応の早さ、貴様銃を知っているのか？ ならば、なるほど……転生者か！」

銃弾の全てを躱す俺を見て、リドワンが俺が転生者である事を言い当てた。まあ、俺にとってそんな事はどうでも良く、今は銃弾の嵐を堪能するのが先決だ。類似品としてゴーレム達にガトリング砲を装備させていたが、リドワンの機関銃《こいつ》は連射性と弾丸のサイズが、それらとは段違いだ。途切れる様子もないし、『保管』から弾薬を無限補給しているんだろうか？ 色々とゴーレム作りの勉強になる。

ただ、このまま回避を続けていても埒《らち》が明かないか。連射で銃身が駄目になるとか、銃弾が底を突く様子もないし。なら防御壁を拵《こしら》えて、ちょいと準備を――

――バキバキバキッ！

あ、駄目だ。絶崖黒城壁《アダマンランパート》をリドワンとの直線上に作り出した瞬間、奴の弾丸が壁を粉砕しやがった。なら、螺旋超嵐壁《テンペストバリア》で――

——ザシュザシュザシュッ！

クライヴ君との思い出の魔法、ここに破れる。はい、これも駄目と。触れた物体を削り取る筈《はず》の螺旋超嵐壁《テンペストバリア》が、弾丸に威力負けして貫通、穴だらけになってしまった。対して、敵の弾丸は全くの無傷な状態を維持している。どうやらあの機関銃から放出される弾丸にも、リドワンの『不壊《ふえ》』能力が付与されているようだ。

……自身が身に着けている装備、そしてあの機関銃のように、そこから放出される備品にも効果は適用されると見るべきか。バトルラリーを完遂した俺からすれば、まあ躱すだけなら容易ではある。が、一発でも当たれば体に大穴が開いて致命傷かもな、これは。

「砕けよ！」

「よっと！」

加えて、この強烈な弾丸タックル。これもジェラールの突撃を受けるようなもので、まともに食らえば骨まで砕けてしまいそうな威力がある。攻防一体とはこの事だろうか。壊れないってのは厄介だな。あの天使らしからぬ装備といい、隠している武装もまだまだありそうだ。

さて、ここまで見て来た中で、一番有効そうな手は栄冠の勝利聖域だろう。恐らく、奴が謳《うた》う『不壊《ふえ》』とやらは固有スキルに類するものだ。その固有スキルさえ無効化してしまえば、こちら側の攻撃も有効打となり得る。ただここで問題なのが、栄冠の勝利聖域は必要な魔力量が多過ぎて、クロメルの『怪物親』が発動している時でないと使えないという点。そしてクロメルは現在……そう、ルミエストにいる！　ぶっちゃけ、今は使用不可な状態なのだ。

「逃げ足だけは一級品か。蝿《はえ》のようによく逃げ回るものだ」

「蝿だって、一生懸命に生きているもんでね！　大食の毒泥沼Ⅲ《マッドグラトニー・トリプル》！」

その代わりの策がこれだ。弾幕を躱しながら詠唱するは、A級緑魔法【大食の毒泥沼《マッドグラトニー》】。俺の魔力を大量の泥に変性させたこいつは、言うなれば束縛の毒泥沼《コンタミネートバインド》に意思を持たせた泥のゴーレムだ。這《は》うのではなく、幽霊みたいに不気味に宙を移動する為《ため》、この空中《せんじょう》でも活躍する事ができる。何よりも体を構成しているのが泥だから――

「むっ？」

――いくら弾丸で貫かれようとも、肉体が再構成されて直ぐに復活する。更にメルみたいに食欲旺盛なもんだから、俺に敵意を向ける者を貪欲に食べようとしてしまうのだ。さあ、自慢の防御力は毒性や拘束にも力を発揮するのかな？

「オオオォォォッ！」

魔力超過による強化で通常よりも俊敏に動き、粘性と再生力と質量が大幅に向上した大食の毒泥沼《マッドグラトニー》。リドワンの敵意を察知し、押し寄せる津波の如《ごと》く奴へと襲い掛かる。

「小癪《こしゃく》なぁぐおおっ!?」

流石のリドワンも沼の中に飛び込むのは遠慮したいのか、背後へと大きく後退しようとしていた。が、それを俺が黙って見ている筈がなく、こっそり奴の背後に仕込んでおいた重風圧Ⅲ《エアプレッシャー・トリプル》、真横版を発動する。物理的な壁に対して無敵だとしても、重力の網はまた話が別、負荷自体は無効化されている訳ではない。圧に押されたリドワンは前の方へ飛び込む形で、大食の毒泥沼《マッドグラトニー》に飲み込まれていった。

「ングングング……」

咀嚼《そしゃく》して味わうかのように、その大口を動かす大食の毒泥沼《マッドグラトニー》。泥の中でいくら機関銃を連射し、バーニアを噴射させて脱出を図ろうとも、大食の毒泥沼《マッドグラトニー》はどこまでも纏《まと》わり付いて行くだろう。さて、これで窒息してくれれば話は早いが、少しばかり期待外れな感がある。

「まあ、それでも加減はしてやらないけどな。栄光の聖域Ⅲ《グローリーサンクチユアリ・トリプル》」

大食の毒泥沼《マッドグラトニー》の内部に囚《とら》われたリドワンを対象として、更なる拘束魔法を詠唱する。Ⅲの魔力超過を施した栄光の聖域《グローリーサンクチユアリ》は、対象を拘束するリングが3つから6つに増え、俺に対する筋力・魔力の強化値も通常とは段違いな代物だ。普通であれば、これで完全な詰みとなるもんだが、どうなるかな？

「――権能、顕現」

「へえ……！」

突如として、リドワンを封じ込めていた大食の毒泥沼《マッドグラトニー》、そして栄光の聖域《グローリーサンクチュアリ》が轟音と共に爆《は》ぜた。眼前で巻き起こる激しい爆発、泥を焦がす嫌な臭いが、リドワンが拘束を抜け出した事を物語っていた。そして、たった今俺の視界に映った奴の姿は、先ほどとはまた様変わりしており——その、何だ。もう天使としての原形がないほどに、銃器が山になっているような状態で、奴は姿を現した。仮面も剝がれ、どう見ても生身でない、メタリックな素顔が露《あら》わになっている。外どころか中身ももろにロボじゃねぇか。最近の堕天使は近代的なんだな。

「……まさか、この姿になる必要があるとはな。想定以上に多芸、その点は認めよう」

「それはどうも。それより今の爆発、その大量の武器を使った訳ではないよな？　それとも、バズーカでも取り出したのか？」

「爆発反応装甲、リアクティブアーマーの応用だ」

「ん？　何だっけ、それ？　ええっと、聞いた事があるような気もするけど……」

「理解する必要はない。この姿となったからには、即刻抹殺する。死ね」

◇　◇　◇

権能顕現、ね。変身能力の一種として認識しておこうか。で、新たなる奴の武装は——

左右の腕、脚部に一体化した重火器が複数丁、先ほどよりもごつい機関銃が両肩に備わり、翼にも新たに刃のような巨大な兵器が追加されているのを確認。それに、さっき言ってた爆発反応装甲とやらも気になるな。大食の毒泥沼《マッドグラトニー》を一瞬で吹っ飛ばしたあの光景から察するに、衝撃を与えたら爆発でもするんだろうか？　見た感じの威力からして、俺自身も軽く吹っ飛べる。なるほど、迂闊《うかつ》に近づくどころか、触れるのにも命懸けになった訳か。絶対的な防御に加えて、武装もここまで潤沢とは……

「ハハッ、この欲張りさんめ！」

「欠片《かけら》も残さん」

耳を塞ぎたくなるような銃声の嵐。呑気《のんき》に分析している暇はなさそうだ。流石にこれだけの銃を一斉掃射されては、弾幕の中に躱す隙間は最早《もはや》ないだろう。大急ぎで弾幕の外に出てしまうか？　もしくは、ルキルを盾にしてみるとか？　あ、いや、最初のやり取りからして、こいつらの関係は良好とは言えないものだった。その気になれば、リドワンはルキルを見捨てる事を選ぶと、容易に想像できる。近くにはメルもいるし、下手をすれば真下の結界に攻撃を通す事になってしまう。これは却下だな。となれば……あっ。

「良いもん見っけ！」

俺は全速力で上空へと舞い上がり、丁度良さそうな盾の下へと急ぐ。

「逃がすと思うか？」

その盾とは例の巨大な杭《くい》の事だ。俺を追いかける奴の銃撃、その射線上に杭が入れば、破壊を恐れて奴は銃撃を止める可能性がある。

「笑止」

あれ、おかしいな？　攻撃をぶっ放す射程範囲に巨大杭が入っても、リドワンは一向に銃撃を止める気配がない。相変わらずのトリガーハッピー状態で、弾幕が迫って――取《と》り敢《あ》えず、杭の後ろに緊急退避！

――ガガガガガガガガッ！

俺が杭の後ろへと隠れた次の瞬間、銃弾と杭とが衝突する騒音が鳴り出した。へえ、驚いたな。リドワンが構わず銃撃を続けた事もそうだけど、この杭もあの弾幕攻撃に耐え続けている。この杭もリドワン並みに頑丈って事なのか？　それとも、この杭も能力の対象になってる？

「貴様、聖杭《ステーク》を盾にするつもりか？」

「丁度良いところに浮いていたもんでな！　というか、もっと大きな声で喋《しゃべ》ってくんない!?　銃撃の音がうるさくて、聞こえ辛《づら》いんだけど！」

心境的には直ぐ隣で工事をされている気分である。

「ふん。ならば、そのまま耳を澄ますと良い」

「あ？」

盾としている巨大杭を避けるようにして、何かが俺の左右に投じられて来た。銃弾ではない。もっとこう、爆弾的な形状をした――

「――スタングレネードぉ!?」

そう口にした直後、眩《まばゆ》いにもほどがある閃光《せんこう》が、耳をぶっ壊す気しか感じられない爆音が、俺を容赦なく襲った。いっつぅぅ……ク、ククッ、なるほどなるほど、そんな搦《から》め手もアリなのか。目の眩《くら》みと耳鳴りが酷《ひど》い。が、これは白魔法でどうとでもなる。問題なのは、今の一瞬でリドワンを見失ってしまった事だ。銃撃が止まり、さっきまで杭の向こう側にあった奴の無機質な気配も一緒になくなっている。

――ギギィィン!

「まあ、そう来るわなッ!」

アフターバーナーの噴出音で、真上から奇襲を仕掛けようとしているのが瞬時に分かった。目と耳が死んだ状態のままだったら危なかったんだろうが、それらは既に回復魔法で復帰済み。リドワンが振り下ろした刃《やいば》の翼を、剛黒の黒剣《オブシダンエッジ》で表面をコーティングした黒《こく》杖《じょう》で次々と受け止めて行く。迫り来る翼の数は多く、また例の如く強度も凄《すさ》まじい。コーティングが削《そ》がれる度に付与し直し、また防ぐ。これを一通りいなした後、渾身《こんしん》の多重衝撃でリドワンを吹き飛ばした。が、その瞬間にリドワンの装甲が爆発を起こし、爆炎と吹き飛んだ表面装甲の一部が、俺に襲い掛かる。

「……そのしぶとさ、蝿《はえ》どころではないな。貴様、名前は何という？」

粘風反護壁《リヴエカウンターガム》での炎の受け流し、そして飛んで来た装甲を杖《つえ》で直接弾《はじ》き飛ばす事で、何とか窮地を脱する。いなし切れなかったダメージはその都度に瞬間回復だ。しかし、やばいな。ああ、こいつはかなりやばい。だってさ、この戦いが始まって以来、俺の口元はにやけっ放しだ。明日辺り、表情筋が筋肉痛になっていそうだ。

「……ケルヴィン、ケルヴィン・セルシウスだ。アンタの名前はリドワン・マハドだったか？　覚えておくよ、素晴らしい好敵手だったってなぁ！」

「ならば、貴様の名もデータの一つに加えてやろう！　劣等種とは思えぬほどに、骨のある者だったとなぁ！」

ところで刀哉《とうや》、弟子の技をパクるのも師匠の特権だよな？　という事で、黒杖に天上の神剣《ディバインセイバー》を魔力超過込みで付与する。いつか見た光り輝く剣、死神という二つ名を持つ俺には似合わないかもしれないが、こいつが現状での有効手段、その最善手だ。そして、こっそりともう一つの魔法も無詠唱で使っておく。

対するリドワンは全身に生えていた銃を剣などの近接武器へと形態を変え、接近戦に特化していると思われる姿になった。へえ、こんな瞬間的に武装を様変わりさせられるのか。『保管』を使って装備を入れ替えたというよりも、刀哉やセルジュが持つ聖剣ウィルのような異能性を感じてしまう。絶対的な防御力もそうだが、堕天使《ゴーレム》としても大変に興味深い体だ。……あの体、欲しいなぁ。

「その首を落とす！」

「悪いが、俺の首は先約済みだッ！」

これは欲望に駆られ、欲望を満たす為の至高の戦い。まあ、そもそもの目的は多少違うような気もするが、何事にもパッションは必要だ。欲望が渦巻き、欲望が欲望を呼ぶ。俺はそんな本能に従って、リドワンに向かって行った。

◇　◇　◇

「ハァ、フゥ……ったく、塔と山を降りるのも厄介だったが、首都までの道のりも半端ねぇ……！　にしても、あのドンパチ……十中八九、マスター達《たち》がやってんだよな。あんな空高くで戦うって、正気の沙汰じゃねぇぜ、全く……！」

彼方《かなた》の空で繰り広げられる極彩色を遠目に見ながら、そんな呟《つぶや》きを漏らしたのはパウルであった。ケルヴィンに留守番を命じられたが、いても立ってもいられず、独自に首都を目指して出発――したまでは良かったが、その道のりは大変に長いものだった。氷の塔と霊氷山を大急ぎで下り、道中で襲って来たモンスターを倒し、地図を読み間違えて迷子に。それから暫《しばら》くして、遠くの空に見える激戦を目印に向かえば良い事に気付き、今に至る訳だ。正直なところ、まだまだ首都は遠い。パウルが首都に到着する頃には、もう戦いが終わっていそうな気さえしていた。

「いや、マスター・ケルヴィンの場合、長引けば長引くほどエンジョイしている可能性もあるか……？　よし、ワンチャンある！」

そんな事を考えながら獣道を進むパウル。まだ登山登塔下塔下山の疲れが残っているせいで、上手《うま》く考えが纏まらない様子である。

「クッ、なぜに余が道なき道を進まなければならぬのだ。余が進む道は正道にして王道、堂々と正式なルートを行進すれば良いものを……！」

「エドガー様、今回ばかりはそれは避けた方が良いかと。どこに堕天使達の目があるか分かりません」

「そうッスよー。つか、この話題挙げるの何回目ッスか？　弱音を吐くのもほどほどにしてほしいッス！」

「馬鹿、それが不敬だと言っていると言うに！」

また、だからこそ直《す》ぐそこにまで迫る者達の気配も、ここまで察知できなかったようで。ちなみに、ここまでとは獣道でかち合うまでの事を指す。

「ん？」

「む？」

「え？」

「……パウル様？　おお、パウル様。王族を辞めて冒険者になった破天荒王子、エドガー様の実の兄であるパウル様じゃないッスかー。こんなところで奇遇ッスねー。チッスー」

「「「……」」」

パウルが偶然出会ったのは、ルミエストで行方不明となっているエドガー、アクス、ペロナの三名であった。あまりに奇跡的な再会だったせいか、ペロナ以外の三人は放心状態が暫く続いた。

◇　◇　◇

「……で、お前らこんなところで何してんだよ？」

「兄上こそ、このような場所で一体何を？　冒険者として自由に世界を巡っていたのでは？」

それから暫くして、平常心を取り戻したペロナ以外の三人。顔を合わせてしまったからには無視する訳にもいかず、エドガーは会話に応じる事にしたようだ。

「馬鹿が。お前らが学園から行方不明になったから、その冒険者ギルドに捜索の依頼が来てんだよ。もちろん国の沽券《こけん》にかかわる事だから、秘密裏にではあるがな。今頃ルミエストじゃあ、外出扱いにでもなってんじゃねぇか？」

「なるほど、そのような扱いに……」

「一人で納得してんじゃねぇよ。で、結局お前らは何してんだ？　アクス、ペロナ、てめぇらはエドガーのお守《もり》の筈《はず》だろうが？」

「そ、それはですね、ええと……」

「アクス、よい。余が話す」

　アクスを制したエドガーはその場から一歩前に出て、意を決した様子でパウルと視線を合わせた。

「兄上、余は知ってしまったのだ」

「知ったって、何をだよ？　つか、その偉そうな喋り方、なんとかならねぇのか？　面子《メンツ》の為《ため》でもあるんだろうがよ、一々吹き出しそうになるんだよ。『兄上』に『余』って、聞いてるだけで痒《かゆ》くなるわ」

「パ、パウル様、流石《さすが》にそれは言い過ぎで――」

「――いや、いいよ。兄ちゃん、何年も会ってなかったけど、兄ちゃんはいつまでも兄ちゃんのままなんだね。ちょっと安心しちゃったよ」

　果たして今のは、誰の声だったのだろうか。それまで王族然としていたエドガーの態度、口調、そして表情までもが一変。そこには別人としか思えない、人懐っこい笑みを浮かべたエドガーの姿があった。

「おう、やっと俺の知るエドガーになったか。お前、俺が国を出て行ってから、変な噂《うわさ》ばっか聞いていたぞ？　ナンパやら求婚をしまくってるやらで、全然エドガーらしくねぇ悪い噂をな」

「兄ちゃん、それは言いっこなしだよ。第一王子の兄ちゃんが家出みたいなノリで国を出て行って、それから僕に次期国王の期待が寄せられちゃったんだもん。人見知りを克服する為に始めた事だったんだけど、噂が噂を呼んで、気が付いたらキャラが後戻りできないところにまで来ちゃっててさ。今更修正なんかできないから、学園でも同じキャラで通していたっていうか……」

「はぁ～、やっぱりそんな理由かよ……確かにお前、元々の内向的な性格が、噂と逆転していたもんな……あのクソ親父《おやじ》、息子が無理してる事くらい察して、指摘してやれや！」

「それがッスね～、レイガンド王は逆に喜んでいたんスよ～。エドガー様に王族としての自覚が芽生えた、男らしくなったとかって、諸手《もろて》を挙げて嬉しがってたッス」

「あ・の・クソ親父～～～ッ！」

地面を蹴り、怒りを露《あら》わにするパウル。

「まあ、それもこれもパウル様が国王との喧嘩《けんか》の果てに勘当された、そのしわ寄せによるものかと」

「お、おう、まあ、それはそうなんだけどよ……」

「アクス、そんなにキッパリ言うなんて、らしくないッスね？　いつもの不敬とかに当たるんじゃないッスか？」

「自分はあくまでもエドガー様の護衛だからな。それに、パウル様はもう王族ではない。よって、これは不敬でも何でもない。ただ真っ当に意見を言ってやっただけだ」

「うわ、アクスって意外とドライッスね〜。ドライアクス！」

アクスの言葉に少し居心地が悪くなったパウルであるが、この間も三人の観察を怠っていた訳ではなかった。厚手のコートを羽織ってはいるが、エドガー達は揃《そろ》いも揃ってその下にルミエストの制服を纏《まと》っていた。ここまで徒歩で移動して来た割には、そこまで疲労している様子も、衣服や靴が汚れているようでもない。

「お前ら、ここまでどうやって来た？　根性で歩いて来たって訳ではないよな？」

「……そうだね、そろそろ話を戻そう。実のところ、何でこんなところにいるのか、僕達も分かっていないんだ。気が付いたら、雪山の麓にある洞窟の中にいた」

「ああん？　どういう事だ？」

「どこから話せば良いかな……兄ちゃん、僕の固有スキル『看破《かんぱ》』の事は知ってるよね？」

「おう、知ってるぜ。エドガーに対して悪意を持つ奴《やつ》が近くにいたら、そいつが隠している秘密を断片的に知る事ができるって能力だろ？　まあ、そいつを知ってるのは兄の俺と、昔馴染《むかしなじ》みのアクス達くらいなものだった筈だがよ」

「うん、その認識で合ってるよ。父ちゃんにも教えていない、僕達だけの秘密の能力さ。もちろん、最高クラスの『隠蔽』も使ってるから、学園内でも知ってる人はいない。で、この力は僕の意思とは関係なく、常時発動している訳だけど……学園生活を送る中でも、色々と見ちゃうんだよね。陰謀めいた情報とかをさ」

非常に疲れた様子で溜息《ためいき》を吐《つ》きながら、エドガーが近くに生えていた木の根元に腰を下ろす。

「そりゃあ、学園に通う生徒の中には身分のたけぇ奴も多いだろうし、それは仕方ねぇ――って、お前、ひょっとして堕天使関係の話も、前々から知っていたのか!?」

「うん、結構前からね。学園内では軟派な感じで通っていたから、敵意を持たれる事が多くって、意図せず知っちゃった感じだよ」

「ッチ、だから危ねぇって言ってんだよ」

「パウル様、そうエドガー様を責めないで頂きたい。エドガー様があのように振る舞うのも、この世界で生き延びる為の手段の一つなのです。敵意を持たれるとはつまり、隠れた敵を知る事に繋《つな》がりますから」

「けどよ……いや、今更そこをどうこう言っても仕方ねぇな。で、それから?」

「最初に堕天使の事を知ったのは、学園に勤めるホラス教官からだった。『演技』と『話術』のスキルを持っていたから、その時に態度に出すような事はなかったけど、内心では凄《すご》く驚いたものだったよ。何せ僕からしたら、古《いにしえ》の邪神の復活を企《たくら》むカルト宗教の信者みたいなものだったからね。しかもそんな人達が、学園内で身分を隠してそれなりに紛れていたんだ。ハァ、生きた心地がしなかったよ……」

「あー、そいつは大変だったな」

「うん、大変だった。怖かった。けど、知ったからには何もしない訳にはいかなくってさ。求婚をするって名目で、学園内の色々な人に会いに行ったんだ。誰が敵で、誰が味方なのかを確認する為にもね。学園内の有力者が集まる、対抗戦の選考会にも参加したっけな」

「かなり無理のある求婚も、何度かする事になったんスよね～。同級生のベルに求婚した時なんか、正直エドガー様が死んだと思ったッスよ？」

「ハハハ、確かにね……尤《もっと》も、彼女の敵意は悪意によるものではなかった。僕達が思う敵ではないと確認できた事だし、それはそれで良かったじゃないか。むしろ全くの無害だと思っていたドロシーさんが、僕を洗脳しようとして来た時の方がやばかったかな。洗脳された振りをして、何とかその場は切り抜けられた訳だけど……」

「私の耐性魔法が運良く効いたんスよね。私、有能！」

自慢気なペロナが、これ見よがしに白魔法を披露する。どうやら彼女は、エドガーに様々な状態異常の耐性を付与していたようだ。

「こんな言動をしていますが、これでもレイガンド屈指の僧侶ですからね、ペロナは」

「フフッ、僕にはもったいないくらい、本当に大切な友人だよ。それで、話の続きだけど……対抗戦が終わった辺りで、集めた情報を信頼できる人に伝えようと考えていたんだ。敵味方をハッキリさせた上で、ね。それまではいつも通りに演技して、情報のやり取りは筆談で最低限に済ませていた。もちろん、アクスやペロナにも徹底してもらってさ」

「だが、その前にお前らは行方不明になった……つまりよ、敵に拉致られたって事だろ？」

「多分、そうなんだろうね。どこかの段階から、堕天使達《たち》に僕らの行動を察知されてたんだと思う。ただ、僕達が殺されていないのが不思議で――」

「――不思議も何も、撒《ま》き餌《え》の為に生かしたに決まっているじゃないですか」

四人のものとは異なる声が、いつの間にか会話に混ざっていた。

◇　◇　◇

「んだよ、てめぇは⁉」

パウルは叫んだ。その矛先は突如として現れた謎の人物、漆黒の翼と天使の輪を顕現させた、女の堕天使――ルキル。メルが対応している筈の彼女が、なぜかこの場所に出現したのだ。

「失礼、自己紹介が遅れましたね。私の名はルキル、世界平和を誰よりも愛する、信仰深い天使です」

「ハッ！　本当にそんな事を願う奴は、出会い頭にそんな事は言ってこねぇんだよ！　そもそもお前、天使じゃなくて堕天使じゃねぇか！　しかも、ルキルだぁ!?　まさか行方不明の天使様が、堕天使に堕《お》ちていやがったとはなぁ！」

挨拶の所作に品の良さを感じさせるルキルに対し、パウルは遠慮のない言葉を投げつける。それでも、ルキルの表情は変わらない。いや、そもそもパウルの言葉など、最初から歯牙にもかけていない様子だ。

「心の在り方の話をしているのですよ。まあ、今は話を進める事を優先しましょうか。そろそろメルフィーナも、私の偽物に気付く頃合いでしょうし」

「何を言ってやがる!?」

「いえ、こちらの話ですよ。ああ、それと安心してください。何も貴方《あなた》達の命を取ろうとしている訳ではありませんし、訳あって協力をしている難しい立場ではありますが、私は世界各地で暴動を起こしている堕天使の一派でもありません」

「てめぇ、さっき自分が撒き餌とか言ってたのを覚えてんのか!?　明確に敵じゃねぇか！」

「兄ちゃ――兄上、ここは抑えろ。まずは彼女の目的を聞こう。我々を消すのが目的なのであれば、彼女はもうそれをやっている。そう、一瞬でそれをやるだけの力の差があるのだ。少なくとも、今の彼女に悪意はない」

　パウルの横に並んだエドガーが制止し、更にアクスとペロナがその前に出る。

「第一王子、いえ、第二王子のエドガー様は聡明《そうめい》ですね。苦労して入手した『惑わしの魔香』を使った甲斐《かい》があったというものです。ええ、その通り、私の行動原理は全てが善意。だからこそ、先ほど仰《おっしゃ》っていたエドガー様の力にも抵触しません。憎しみは何も生みませんからね」

「ッ！　こいつ、ぬけぬけと！　盗み聞きなんてしやがって……！」

「兄上、落ち着いて。それでルキル、だったか？　貴女《あなた》の目的は一体何だ？」

「フフッ、そう警戒なさらずに。私の目的は、そうですね……ある偉大なるお方の復権と言っておきましょうか」

「なるほど、まあ良い。では、余を餌に兄上を呼び寄せ、何をする気だったのだ？」

「少し話を伺いたかっただけですよ。パウル様、貴方はレイガンドの真なる第一王子、その認識で間違いはありませんね？」

「……？　ああ、そうだ。だが、それがどうした？」

「そうですか。いえ、それならそれで良いのです。ではパウル様、ほんの少しだけ血を頂きますね」

「ああ!?——ぐっ!?」

たった今、ルキルが何をしたのか、この場にいた四人は認識する事ができなかった。ただ気が付くと、パウルの頬から血が流れていたのだ。何かナイフのような刃物で斬られた、ちょっとした切り傷である。そしてルキルの手には、少量の赤い液体の入った小瓶があった。

「兄ちゃん！」

「て、てめぇ、何を……!?」

「何をと言われましても、私の発言と行動に矛盾はないと思いますが？　この通り、ほんの少し血を頂いただけです。では、用件が済みましたので、私はこれで」

「待ちやがれッ！」

即座に駆け出し、パウルが手を伸ばすも、ルキルの姿は既になくなっていた。残っていたのは宙を漂う、何枚かの漆黒の羽根のみだ。

「クソッ、逃げられたか……！」

「兄ちゃん、今はそれよりも傷口を見るのが先だよ！　ペロナ！」

「あいあいッス。ジッとしていてくださいッス、パウル様。僧侶な私がパパッと診断するッスよ～」

パウルの頬に手を当て、軽い口調のまま手当を開始するペロナ。彼女によれば傷口は浅く、軽く皮膚を斬られた程度のものであるらしい。ペロナが簡単な回復魔法を施し、頬の傷はほんの数秒ほどで完治する。

「これでオッケーッス」

「ふう、一先《ひとま》ずは安心かな。誰一人死なずに済んで、本当に良かったよ」

「ちっとも良くねぇよ！　よく分からねぇうちに、血ぃ採られたんだぞ、俺!?」

「まあまあ、命あっての物種ですし。しかし、あの女はパウル様の血を手に入れて、一体どうするつもりなんでしょうか？」

「口振りからすると、兄ちゃんの、いや、本当の第一王子の血が欲しかったみたいだけど……うーん、正直僕の知識じゃ、思い当たるものがないかな」

「血の活用ッスか。王道的に考えれば、儀式的な触媒として使う事もあるッスけど、それが第一王子のものでなければならない理由までは、ちょっと分からないッスね～」

「自分もそういった事に関しては、全くの門外漢でして……パウル様はどうです？」

「馬鹿、俺だって冒険者一筋だったんだぞ？　そんな事、知っている筈《はず》が――あっ」

「「あっ？」」

何かを思い出したような声を上げるパウルに対し、エドガー達もつられて声を上げてしまう。

「兄ちゃん、何か思い当たったのかい？」

「いや、それがよ、エドガーがまだ生まれたばかりの頃に、馬鹿親父《おやじ》に血を採られた事があったような、そんな気がしてよ……あの時に採った血、何か大事なもんに使うとか言っていたような、ええっと、何だったか――ああっ!?」

「「「ああっ!?」」」

反響。不意に上げられたパウルの叫びに呼応し、エドガー達も叫びを上げてしまう。

「え、えと、兄ちゃん、どうしたの？」

「思い出したんだよ！　親父が俺の血を何に使ったのかをよぉ！」

「パウル様、まずは落ち着いて。ペロナ、魔法で気を落ち着かせてくれ」

「うぃッス。爽快《リリーフ》！」

「……思い出したんだよぉ!?」

「あ、駄目だ。この人血の気が凄いッスわ。爽快《リリーフ》！　爽快《リリーフ》！」

その後、十数回の爽快《リリーフ》を使う事で、パウルは若干の落ち着きを取り戻すのであった。そして、ゆっくりと語り出す。

「……あの時に採った俺の血、親父はある場所の鍵として使ったんだ。王族の中でも限られた者しか知らない、レイガンドの秘中の秘に当たる場所だ」

「国にとっての極秘の場所、という事ですか」

「僕さえも知らない、秘密の場所……そんな所があったただなんて……そ、それで、兄ちゃん、その場所っていうのは――」

「――パウルぅ――――――！」

「「「ッ!?」」」

エドガーの言葉を遮ったのは、再び聞き覚えのない声、否、パウルのみ知っている女性の声だった。次の瞬間に天より舞い降りたのは、蒼《あお》き翼を広げた天使――ルキルと対峙《たいじ》していた筈のメルである。当然、パウル以外の面々は警戒する。

「今ここに、堕天使が来ませんでしたか!?　どこに行きました!?　行先に心当たりは!?」

だが、あまりのメルの勢いの強さに押され、そのまま押し黙ってしまう。唯一メルを知るパウルも、彼女がここまで慌てる様子を目にした事がなかった為《ため》、少し動揺しているようだ。

「パウル、黙らない！　ハリー！」

「お、おおう！　た、多分だけどよ、レイガンドが管理してる、神柱の所に行ったんじゃねぇかと……」

「それはどこです!?」

「あ、案内しまっす!?」

こうしてパウルは天使に連れ去られ、取り残されたエドガー達はただただ呆然《ぼうぜん》とするばかりであった。

◇　◇　◇

パウルの肩を摑《つか》んで颯爽《さっそう》と誘拐を果たしたメルは、空を疾駆していた。ジェットコースター以上の絶叫マシンに強制乗車させられたパウルの叫びもまた、空を疾駆していた。

「で、その神柱を祀《まつ》っている場所とはどこなのです!?　咄嗟《とっさ》に指差した方角に飛び出してしまいましたが、場所の詳細を聞かない事には始まりませんよ！」

「ううぅおぉあぁぁぁぁ――――!?」

「叫んでいては分かりません！　この程度のスピードでビビらないでください！」

ケルヴィンの時もそうであったが、メルの鍛錬は少々乱暴である。こうして本日何度目かの地獄を見たパウルは、根性で道案内の役目を果たしていくのであった。

「なるほど、山間《やまあい》のそんなところに、神柱の隠し場所があったとは……」

「おおう！　そこは年がら年中ぅ！　豪雪でよぉ！　雪と氷でぇ！　地面に建ってるもんがぁ！　丸っとぉ！　隠れちまうくらいなんだよぉぉぉ！」

再び、空にてパウルの叫びが走って行く。しかしながら、メルが知りたい情報は伝える事ができた。後はこのまま虹を吐かずに、根性で超スピードに耐えるだけだ。この試練を越えた時、彼はまた一回り大きな男として成長する事だろう。

「うおおぉぉ――――！　根・性ぉぉぉぉ――――！」

「パウル、少し黙ってください。叫びでルキルに気付かれてしまいます。虚偽の霧《フォールスフォッグ》で姿を消している意味、ちゃんと理解していますか？」

「理ぃぃ不ぅぅ尽んんッ――――！」

パウルにとって、正に人生においての不幸が集約したかのような一日であったが、移動中に舌を噛《か》まなかったのは、不幸中の幸いだったのかもしれない。

それから少しして、メル達《たち》は目的の場所へと到着する。絶えず雪が吹雪《ふぶ》いており、全てを白で覆い尽くすレイガンド第二の魔境、その名も『白銀獄《はくぎんごく》』。ちなみに、第一の魔境はレイガンド霊氷山となっている。

「到着です。パウルの話によれば、この辺りに目印の祠《ほこら》があるとの事ですが……まあ、この雪で埋まっていますよね。まったく、何の為の目印なんだか。パウル、祠はどこです？」

「フ、フフッ……耐えた、俺様は耐えたぜぇ、エドガー……！」

「……パウル？（にっこり）」

「はいっ！　あそこです、あそこですぜ！　あの場所だけ、雪の積もり方が不自然なんで！」

メルの素敵な笑顔を目の前に、強制的に意識を覚醒させられるパウル。続けて、次の手順も説明していく。

「祠を見つけたら、そこから西の方角に方向転換！　そっちに進んで最初にぶつかった大木から、北に二十七歩キッチリ前進！　ちなみにここでの歩幅は、初代レイガンド王の基準に合わせたもので――」

「――パウル、私はシュトラではないのです。そんな長い行程、覚えられる自信は微塵《みじん》もありません。よって、私にも分かるようにズバリ答えを言いなさい、答えを」

「ええっ!?」

その後、あの手この手で答えとなる場所を導き出したパウルは、目的地を何とかメルに示す事に成功。それはもう、死に物狂いで示したようだ。

「へへっ、俺様はやったぜ、エドガー……」

結果として、パウルは口から魂らしき何かを吐き出しながら、仰向《あおむ》けにバタリと倒れてしまった。流石《さすが》のパウルも、ここで体力と根性が尽きてしまったようだ。

「なるほど、ここが神柱の秘匿場所……」

そんなパウルの遺言を捨て置き、辺りを見回すメル。彼女の視界には、青白い氷の壁で覆われた地下空間が広がっていた。その中央にはレイガンドの神柱が聳《そび》え立っており、更にその前には何者かの人影があった。

「雪で覆い隠された氷の大地の真下に、このような地下施設を作るとは、なかなかの驚きです。そして、この場所の封印を解く鍵が、あの血液だったという訳ですか。……ルキル」

メルと再び対峙するは、つい先ほどパウルから血液を奪取した、堕天使ルキル。不敵な笑みを浮かべる彼女の手に、パウルの血液が入った小瓶は見当たらない。どうやら既に使った後のようだ。

「……この国には悪《あ》しきドラゴンを神の使いが追い払ったという、建国時に起こったとされる伝説が残されています。民草はそれを歴史としてではなく、物語の一つとしか認識していません。しかし一部の王族のみは、それが実際に起こった出来事である事を、そして神の使いの大元がこの神柱である事を知っていました。凶悪なドラゴンをも追い返す、大いなる力……それはレイガンドにとっての最後の切り札であり、決して外部に渡してはならない秘密事項となったのです」

「随分とこの国について詳しいのですね？」

「詳しいのは、何もこの国に限った事ではありませんよ。貴女《あなた》が転生神として君臨していた間、私は数百年の時を準備に費やし、暗躍し続けていたのです。この地上において、私以上に世々に精通している者は存在しません」

「さて、それはどうでしょうね？」

メルとルキルは目を逸《そ》らさない。別に視線で火花を散らしている訳ではないが、互いに胸の内を見透かそうとするように、ジッと、静かに見つめ合っていた。

「……歴代の王達は、他者にその力を渡す事を恐れたのでしょう。レイガンド第一王子の血液を鍵として使わなければ、この場所は崩壊する仕様となっています。無理に抉《こ》じ開け、崩れた場所から神柱を掘り起こすのは面倒ですし、何よりも十権能《じつけんのう》の目を掻《か》い潜《くぐ》って、そんな事をしている暇はありませんでした。彼らの目的は、大いなる力を持つ神柱の破壊ですからね」

「だから、どうしてもパウルの血が必要だったと、そういう訳ですか。ですが、気に入りませんね。その言い方ですと、まるで貴女が十権能と結託していないように聞こえますが？　状況から見て、天使の長達の肉体を使って十権能を蘇《よみがえ》らせたのは、十中八九貴女の仕業……だというのに、十権能と目的が一致していないというのは、随分とおかしな話です。ルキル、貴女の目的は一体何なのですか？　神柱を使って、一体何をしようとしているのです？」

「……」

メルの言葉にルキルは押し黙り、そのまま踵《きびす》を返して神柱の方へと歩み出した。二歩三歩、ゆっくりと、確実に。彼女の見せた背中は一見無防備であったが、不思議とメルは先に手を出す気にはなれなかった。彼女に触れてはならないと、本能的にそう思ってしまったのだ。神柱の目前にまで近づいた時、ルキルは不意に口を開いた。

「……私が十権能に命じられた任務は、先代転生神メルフィーナの排除。随伴する十権能の任務は、この神柱の破壊でした。もちろん、私は任務を遂行する気なんてありません。

十権能に神柱を破壊させる気もありません。だって、だって――」

声を、そして全身を徐々に震わせ始めるルキル。更に彼女は、メルの方へゆっくり振り返ろうともしていた。異様なルキルの様子の変化に、当然の事ながら、メルは警戒心をより強めていった。何が起こっても冷静でいる為に、心を落ち着かせていった。

……しかし、振り返ったルキルの表情を目にしたメルの心は、その瞬間に大きく乱される事となる。ルキルの瞳の奥に宿るは、ピンク色をした見事なハートマークだったのだ。まるでコレットと1対1で出会ってしまったかの如《ごと》く、背筋が一瞬で凍る。その他諸々《もろもろ》の圧が肌を刺し、メルの心に恐怖を植え付けて行く。何だこれは？　何なんだ、彼女は？　こんなものがこの世に存在して良いのか？　許されるのか？　と、恐怖と同時に、そんな疑問が次々に思い浮かんで行く。

「――だって、私の願いはメルフィーナ様に、転生神を続けて頂く事ですから。未来永劫《みらいえいごう》、天壌《てんじょう》無窮《むきゅう》、ずっとずっと、ずっとずっとずっとずっと！　ずっと、ずっとぉぉぉ！……私の理想の神として、君臨して頂く事ですから（はぁと）」

「ヒィッ……!?」

数百年という長い年月は、復讐《ふくしゅう》の魔女を狂信者へとクラスチェンジさせていた。それもドス黒い、最悪の狂信者へと。

◇　◇　◇

青と白、言うなればメルのイメージカラーで構成されていた氷の地下空間が、ドス黒い瘴気《しょうき》のようなもので包まれて行く。見た目の色合いもそうだが、この場を支配する空気までもが、息苦しく、そして害があるように感じられた。特にメルにとっては、その効果が悲鳴を上げるほどに著しい。

「フフッ、可愛《かわい》らしい悲鳴ですね。何を恐れているのです？　この場所には私とメルフィーナ様、それと神柱に——ああ、レイガンドの第一王子もいましたか。まあ、彼は最《も》早《はや》どうでも良いです。その程度の存在です。メルフィーナ様、ここには私達しかいませんよ？　恐怖する必要は一切ありません。ご安心ください」

微笑《ほほえ》むルキルがそう言うが、汗が止まらない。背中を伝う汗、頬を流れる汗、どれもこれもが嫌な予感しかしないものだ。ルキルから発せられる全てが、メルの目には邪悪にしか見えない。

「……無理ですね。ルキル、貴女から感じられるものは、全てが悪しき何かに染まっています。堕天使であるからと、そんな事では説明できないほどのものです」

堕天使とは天使が神に刃向かい罰を受け、堕落してしまった成れの果てとされている。しかし、だからといって堕天使そのものが邪悪という訳ではない。中には極少数ではあるが、罪を受け入れて善を尽くそうとする者や、記憶を失ったクロメルのように、純粋無垢《じゅんすいむく》（特定条件下では例外だが）である者も存在するのだ。つまるところ、種族の変化が元の精神に大きな変化を与える事はない。

「なるほど、私の姿はそのように見えているのですか。私は本心から言っているだけですのに……いいえ、少し違いますね。メルフィーナ様、確かにかつての私は、貴女を憎んでいました。神の座へ至る為《ため》、生の全てを捧《ささ》げて来ました。期待してくれる方々がいました。その全てを、貴女様は奪い去った」

「……」

「それからの私の苦悩、想像できますか？　違和感なく皆に溶け込む為に、転生神となった貴女様を、憎む対象でしかない貴女様を、崇《あが》め、賛美し、支え続ける苦しみを。かつて私に期待してくれていた父と母も、揃《そろ》って貴女様を崇拝していましたよ。私が失ったものなんて何も知らず、心から崇拝していました」

「ルキル、それは――」

「――ああ、別に謝罪の言葉を必要としている訳ではありません。私は分かっていますから。私を陥れた事象を仕組み、私の記憶のみを残した張本人は、メルフィーナ様であって、メルフィーナ様ではなかった事くらいは。メルフィーナ様の全てを理解する為に、百年ほどは費やしましたからね。寝ても覚めても貴女様の事を考え、想《おも》い、憎んで生きて来たのです。それらは苦痛であり、また酷《ひど》く愉快な事でもありました。澄ました顔で祈りを捧げ、内心では貴女様にとっての最大限の不幸は何なのか、真剣に考えていたんですよ？　フフフッ、これって本当に愉快な事ですよね？　ですよね!?」

コレットをも凌駕《りょうが》する早口な台詞《せりふ》に、メルは口を挟む暇がない。

「メルフィーナ様、正直に申します。そんな矛盾した生を歩んで来たお蔭《かげ》で、崇拝して憎んで、私の感情は愛憎相半《あいなか》ばを通り越し、お恥ずかしながら……貴女様に対し、完全に愛憎が入り混じった状態になってしまいました！　可愛さ余って憎さ百倍、いえ、憎さ余って可愛さ百倍なんです！　メルフィーナ様を愛《め》でたい、苦しませたい、それらの気持ちが本心から同居しているのです！　これは悲劇なのか、それとも喜劇なのか、哲学的で運命的な何かを感じませんか!?」

「え、えええっと……」

「なるほど、一言では言い表せないと、そういう事ですね？　流石は転生神を全うされたお方、一々仰《おつしや》る事が深いです。腹立たしく不快、それでいて尊敬の念を抱くほどに深いです！　ああ、私の心が掻き乱されるッ！　まるで親の仇《かたき》に恋をしてしまったかのような！いいえ、この気持ちはそんな安い表現で収まるものではありません！　殺してやりたいのに、私の隣にいてほしい！　ぐちゃぐちゃにしてやりたいのに、優しく抱きしめて差し上げたい！　矛盾、矛盾、矛盾！　どこまで行っても、私と貴女様の関係は矛盾だらけなので

すッ！　プラスマイナス、ゼロッ！　ノー、この感情は無限大ッ！」

「……」

メルはこれ以上、ルキルと言葉を交わしたくなかった。瞳に宿るハートマークも、これ以上見たくなかった。折角食べた料理を戻してしまいたくなるほどに、気分が悪い。

「っと、脱線してしまいましたね。コホン、話を戻しましょう」

咳払《せきばら》いの後、スッと元の冷静さを取り戻すルキル。しかし、メルは欠片《かけら》も油断はしていない。なぜならば、彼女の瞳の奥にあるハートマークが、まだそのままだったからだ。狂気の沙汰でしかない。

「それでですね、また数百年ほど考えて、閃《ひらめ》いたんです。どうすれば貴女様を崇拝できる状態で、最大限の苦痛を与える事ができるのかを。ええ、今考えてみれば、至極単純な事だったんですよ。何も難しく考える必要はなかったんです」

ルキルがメルの方へと、両腕を広げながら一歩だけ歩み寄る。メルが反対側へ、一歩だけ後退する。

「先ほども申し上げましたが、改めて……私達《たち》が住まうこの美しき世界、その管理を行う転生神への、恒久的な就任！　それこそが私の愛憎を満たす、最高の方法だったのです！」

いえ、普通に嫌ですけど!?　と、メルは心の中で叫んだ。言葉を交わしたくないので、心の中で叫ぶに留《とど》めた。

「ええ、ええ、そうでしょう。メルフィーナ様が実は怠惰であり、ケルヴィンとかいう人間を愛している事は既に承知しております。折角神の円満退社をして、この美しき世界に戻る事ができたというのに、またブラックな仕事はしたくないですよね？　メルフィーナ様のお気持ちは痛いほど分かります、理解できます！」

勝手に心を読むな、メルは心の中でツッコミを入れた。いつもは自分がケルヴィンに言われている台詞なのだが、今回は立場が逆転してしまっている。

「ですが、だからこそなのです。メルフィーナ様が転生神に復帰してくだされば、私の信仰心は満たされます。本望です。そして、それによりメルフィーナ様に心の底から苦しんで頂ければ、私の復讐心も満たされます。満足なのです！」

満足気なルキルがメルの方へと、指先をわしゃわしゃと動かしながら、また一歩だけ歩み寄る。恐怖に染まったメルが反対側へ、また一歩だけ後退する。

「メルフィーナ様、今後も続けましょうよ、転生神！　きっと楽しいですよ！　一人でやるのが嫌でしたら、私が地の果てまでご一緒しますから！　一緒に仕事をして、一番近くで、ゼロ距離で見守りますから！」

「あ、貴女《あなた》の目的は痛いほど分かりました。ですが、それは無理なのですよ。転生神とは天使の長《おさ》が見定め、選定されるもの。貴女一人の意思で決められるものではありません。それに次の転生神はゴルディアーナであると、既に決定しています。これが覆る事は、絶対にあり得ません」

確かにメルは先代の転生神ではあるが、既にその身は良い意味でも悪い意味でも、俗世に染まっている。染まり切っている。万が一、転生神になると名乗りを上げようとも、天使の長はこれを了承しないだろう。

「クスクスッ」

しかし、そんな核心を突くメルの言葉を受けても、ルキルは笑っていた。だからどうしたと言わんばかりに、口角《つ》を吊り上げていた。

「メルフィーナ様、機械的にしか物事を判断できない、旧時代の長達はもういないのですよ？」

不敵なルキルの笑みは続く。

「まあ、メルフィーナ様が仰っている事も分かります。機械に身を投じ、自らの意思を消失させた旧時代の長達を説得するなんて事は、流石《さすが》に無理でしょう。ですが、その長達の肉体は今、義体として使用されています。そして、それら義体を使っているのが、私が復活させた十権能《じつけんのう》です。彼らは堕天使ではありますが、長をも凌《しの》ぐ神聖を有しています。つまるところ、十権能《かれら》にメルフィーナ様の素晴らしさを理解《わから》させてやれば、貴女様は再び神として復権できるのですよ」

「ル、ルキル、そんな事の為に、十権能を復活させたのですか!?」

「そんな事、ではありません。これは私にとっての至上命題なのですから！」

あまりに狂気的な発想、世界の均衡を崩しかねない無茶苦茶な行動――それら全てに理解が及ばない。しかし、それでもルキルは本気であったのだ。何せ彼女は、最悪の狂信者なのだから。

◇　◇　◇

「ですが、メルフィーナ様が私の願いを肯定してくださらない事も、また分かっています。理解しています。私はメルフィーナ様の最大の理解者ですからね」

接近を続けていたルキルが歩みを止め、広げていた両腕を祈るような仕草へと移行する。優れた容姿と相まって、今の彼女からは聖女の如き神聖さが感じられた。……尤《もっと》も、瞳のハートマークは未《いま》だ健在ではあるのだが。

「実は、今回の私の目的は神柱《こちら》でして。メルフィーナ様にお会いできたのは幸運でしたが、今日のところは挨拶にとどめておこうと思います」

「そ、そうですか、それは残念です――ではなくっ！」

正気を取り戻したメルが、神柱に触れようとしていたルキルを呼び止める。

「ルキル、神柱をどうするつもりです？　堕天使の貴女が神柱に触れれば、それは起動してしまいますよ？」

「……私の大目標はメルフィーナ様が神へと復権される事ですが、そこに至るまでには幾つかクリアすべき小目標がありまして。先ほども申し上げましたが、十権能を理解《わから》させる必要があります。そしてその為には、彼らに対抗するだけの力が必要なのです」

その直後、ルキルは何の迷いもなく神柱に触れた。眩《まばゆ》く白き光を放ち出す神柱。その光は地下空間全域に及び、視界を白で埋め尽くしていく。

「クゥルルルルゥ」

白の世界で耳にしたのは、鳥のような、しかし声量の大きな鳴き声だった。その声に呼応してなのか、光は次第に弱まっていった。

「神鳥、ワイルドグロウ……！」

光の代わりに眼前に現れたのは、神柱と同等の大きさはあろう、白き巨鳥であった。かつて氷国レイガンドを救ったとされる、伝説の守り神——神鳥ワイルドグロウが、ここに降臨したのだ。

「神人ドロシアラは稀有《けう》な力を有していました。また一方で、人間特有の複雑な感情も備えていました。私の同胞とするには、正に適任であったのですが……残念ながら彼女は、コホン！　もう一人のメルフィーナ様に先を越されていたようで、泣く泣く諦める事に——っと、コホン！　また脱線してしまいました。メルフィーナ様を前にすると、ついつい楽しくなってしまっていけませんね」

「ルキル、止まりなさい」

「いいえ、止まりません。私はメルフィーナ様の言葉だからと、安易に鵜呑《うの》みにするような間抜けとは違うのです。間違いがあればその都度に正し、矯正して差し上げられる、真の信奉者なので――」

「――クゥウゥ――――！」

ルキルの言葉を遮ったのは、彼女の直《す》ぐ近くにいた神鳥ワイルドグロウであった。ルキルを堕天使という名の悪と見定めた神鳥は、その鋭利な鉤爪《かぎづめ》を振り落とし、彼女を引き裂かんとしたのだ。……しかし。

「ふむ。この段階の神柱なら、まあこの程度でしょうね」

「クゥル!?」

振り落とされた凶刃を、ルキルは片腕で受け止めていた。神鳥もこの事態を想定していなかったのか、声色に驚きの感情が見受けられる。

「ですが、及第点は差し上げましょう。ようこそ、素晴らしきメルフィーナ様を改心させる会へッ！」

背負い投げの要領で（？）、ルキルが神鳥を氷の地面に叩《たた》き付ける。倒れ込む巨鳥はその衝撃で地面を割り、或《ある》いは粉砕し、そのまま気絶してしまった。

「御覧の通り、ステゴロでも私、神柱を圧倒できる程度には強いんです。今のメルフィーナ様となら、結構良いところまで戦えると思いますよ？　尤も、今日のところは帰――」

「――逃がしませんよ？」

メルが絶氷山壁《ディープヘイルベルク》を詠唱し、地下空間の出入り口を氷壁で封鎖する。ついでに倒れていたパウルも巻き込まれ、氷漬けになってしまった。

「……なるほど、私の行く手を阻むと同時に、第一王子の保護も行ったという訳ですか。流石はメルフィーナ様、正に一石二鳥の一手ですね。……ですが、それでは足りませんよ」

ルキルの片手に、禍々《まがまが》しい魔力が一瞬のうちに集まり出す。そして――

「――落命の黒炎塔《デストレイ》」

解き放たれた魔力が漆黒の炎へと姿を変え、ルキルを、そして神鳥の巨体をも覆い尽くすほどの炎柱を形成した。黒き炎の柱は地下空間の天井を突き破り、地上へ、空高くへと昇って行く。

「クッ……！」

「今のメルフィーナ様ですと、転生神としてあまり相応《ふさわ》しくありません。ですので次にお会いした時は、転生神に相応しくなるよう、私が懇切丁寧にプロデュースさせて頂きます♪」

「……ッ!?」

地に伏していた神鳥を乱暴に持ち上げ、堕天使の翼を羽ばたかせる。そんなルキルの姿を、炎の柱の僅かな隙間から覗《のぞ》く事ができた。ルキルが開いた天井の穴から逃走しようとしているのは、最早《もはや》明確である。しかし、近づけない。いや、正直に言ってしまうと、そもそも近付きたくない。これ以上話をしたくない。どうしようもない嫌悪感が、メルの追跡の意思を挫《くじ》いていた。

「さて、そろそろあちらも戦いが終わる頃合いでしょう。どちらが勝っていたとしても、無事な状態では決してない筈《はず》です。メルフィーナ様、どちらが勝っていると思いますか？いいえ、答えなくて結構ですよ？　どうせケルヴィンと仰るのでしょうし。まあ、その場合は義体《リドワン》の回収だけはさせて頂きます。逆の場合もまた然《しか》り、ですけどね。ついでに聖杭《ステーク》も馬車代わりの移動手段として頂戴してしまいましょう」

「ルキル、貴女は私達だけでなく、十権能とまで敵対すると言うのですか？　勝算があるとでも？」

「おかしな事を言いますね、メルフィーナ様。これは勝算どうこうの話ではないのですよ。貴女様が愛するケルヴィンは、そんな事を考えながら戦いを挑むのですか？　違いますよね？　相手が格上であるほどに、挑戦したくなるものですよね？　私も同じです。貴女が愛する人間と、同じ気持ちで挑んでいるのです。言わば、これは私の信仰心が試される試練……！　どんな手を使ってでも、理解《わから》させてやりますよ。最大の敵になるであろうメルフィーナ様にも、邪神なんて紛い物《まがいもの》を崇拝する十権能にもね」

そう言い残して、ルキルは黒炎と共に姿を消した。あれほどの巨体を誇っていた、神鳥の姿も見当たらない。

（また姿を消しましたか。最初に顔を合わせた時も、彼女は突如として姿を消していましたね。幻影を作り出すような魔法を使ったのでしょうか？　こんな事でしたら、察知系のスキルも習得しておくべきでした）

まだルキルは周辺にいる。そう予想したメルは、ルキルが開けた大穴を通り、ケルヴィンの下へと急いだ。再びルキルと対峙《たいじ》するのは死ぬほど嫌であるが、今は先ほどのように迷っている場合ではない。そう、たとえルキルの狂気がメルに対し効果抜群であったとしても、狼狽《うろた》えている場合ではないのだ！

（うう、胃が痛い……私の鉄の胃が痛い……もう会いたくない……）

……ないのだが、やはり気後れは多少するようである。

（ですが……フフッ。なるほど、私が最大の敵ですか。ルキル、やはり貴女は分かっていない。貴女にとって最大の敵となるのは、私や十権能などではないのです。こと戦いにおいて、貴女以上に心を拗《こじ》らせた私の夫を……あまり舐《な》めない方が良いですよ？）

メルは全幅の信頼をケルヴィンに寄せながら、更に飛行速度を加速させていくのであった。

「……」

ちなみにであるが、パウルは未だに氷漬けで放置されたままである。

◇　◇　◇

十権能《じっけんのう》リドワン・マハド、邪神アダムスより『不壊《ふえ》』の権能を授かった彼は、正確には堕天使ではなかった。神々が住まう特殊領域、その時空にのみ存在するとされる『神鉄』という名の鉱石が、彼を構成する源なのである。というのも、リドワンは生物ではないのだ。いや、なかったと表現するのが適切だろうか。

そもそも、神鉄とは一体何なのか？　世界を創る、とある対象を特別な力を付与して転生させる――そういった事に神が多くの力を使う際、極稀《ごくまれ》に鉱石が誕生するとされている。それが神鉄だ。しかし、現れるまでには時間差があり、そのズレの度合いは疎《まば》ら、出現場所も時空のどこかと完全にランダム、また見た目は普通の石ころと変わらず、魔力を放つ事もない為《ため》に、発見する事は神にとっても困難を極めていた。神鉄は神々にとっても、正に幻の鉱石なのである。

そして、神鉄は神が扱う様々な武具の主原料となっており、あらゆる可能性を持つ奇跡の鉱石ともされている。そのポテンシャルは神を以《もっ》てしても計り知れず、神であれば知らぬ者はいないとされるほどだ。例を挙げるとすれば、セルジュや刀哉《とうや》が持つ聖剣ウィルが神鉄製の武器に当たる。使用者の技量と願いに応じ、様々な形状に姿を変えるウィルは、神鉄の性質をそのまま能力として映し出す事に成功した武器と言えるだろう。そんな奇跡の鉱石を、鍛冶を司《つかさど》る神々は心の底から欲し、己の腕で鍛え上げたいと願っていた。

しかし、無限の可能性を有しているだけあって、神鉄を武具として鍛え上げるのは、発見する事以上に難しかった。歴史に名を残す伝説上の鍛冶師が仮に挑戦できたとしても、武具としての形状に持って行けるのは極僅か、満足のいく性能を引き出すところまで行けるのは、その世界に一人いるかいないか、その程度の人数になってしまう。かつての神の使徒、創造者の名を冠していたジルドラであれば、ひょっとすれば意のままに鍛え上げる事ができたかもしれない……が、そんな彼も既にこの世を去っている。この世界において、神鉄を鍛え上げられる者は皆無に等しいだろう。

さて、話を十権能へと戻そう。神々の大戦が起こる以前、鍛冶を司る神々と同じく、神鉄に強い関心を抱いていた者がいた。その者の名はバルドッグ・ゲティア、十権能として リドワンと肩を並べる、元鍛冶神の堕天使だ。神々の中でも特に技術に長《た》けていたバルドッグは、来たる大戦に備えて多くの武器を製造するようにと、彼が崇拝する邪神アダムスより命令を受けていた。『鍛錬』の権能を与えられたバルドッグは神鉄に目を付け、権能を神鉄に使う事で、これまでとは一線を画す武具を創り出そうと、日夜研究と研鑽《けんさん》を続けていった。結果、バルドッグは数多くの武具を生み出し、邪神側の最高戦力である十権能の力を、更に底上げする事に繋《つな》がったのだ。同時に、ここで彼も予期していなかった、ある出来事が起こった。……自らの意思を持つ神鉄のゴーレム、後のリドワン・マハドの誕生である。

そのゴーレムは生まれながらに高い知能を有し、自らの体を自由に変形させる特殊な能力を会得していた。生体的にはゴーレムと言うよりも、スライムのような流動体に近かったのかもしれない。ゴーレムは持ち前の知能を活《い》かし、バルドッグの武具、書物から情報を次々と収集。体の形状を変化させるだけでなく、ありとあらゆる兵器を自在に模倣できるようになっていった。

『君は……僕の最高傑作だ！』

バルドッグがそう叫んで歓喜するほどに、ゴーレムの学習能力・戦闘力は凄《すさ》まじかった。情報を貪り、率先して戦力を増やそうとしていくゴーレムが更なる頭角を現すと、邪神アダムスも彼のゴーレムに関心を持つようになっていった。

『貴様にリドワン・マハドという名と、十権能の末席を授ける。選ばれし者としての、相応しい戦果を期待する』

先代の十権能の一人を神の御前で倒し、邪神アダムスより祝福を受けた神鉄のゴーレムは、この瞬間よりリドワン・マハドとして生まれ変わった。以降、彼は天使の姿を好んで模倣するようになる。権能として授かった『不壊《ふえ》』の力は、無機物を対象とした形状の絶対保護。無機物のみを対象とするというが、この点はリドワンにとって弱点となり得ない。生身であれば装備や付近の物体に付与するのが精々なのだろうが、リドワンは全身が無機物で構成されているゴーレムなのだ。一度権能を発動させれば、如何《いか》なる者もリドワンを傷付ける事はできず、またリドワンから放たれる攻撃を防ぐ事は敵《かな》わない。正に鉄壁、正に無敵。リドワンとこの権能の相性は、そう謳《うた》われるほどに良過ぎた。

『不壊《ふえ》』の特性上、能力を発動している最中は肉体を変形する事ができないのだが、『権能顕現』状態であれば、変形しながら『不壊《ふえ》』の力を保つ事も可能だ。つまるところ、『不壊《ふえ》』と流動が両立でき、死角がない。自らの意思を持つ天使型兵器リドワン・マハドは、神々の大戦においてもその力を遺憾なく発揮、長きに渡って多くの神々を恐怖に陥れる事となる。

……しかしながら、神々の大戦は邪神アダムス陣営が敗北する事で幕を閉じている。そう、常勝を誇っていたリドワンもまた、大戦の後期には敗北を喫していたのだ。彼の権能は真の意味では鉄壁でも無敵でもなく、ある対策により無力化されてしまった。対象の能力付与を無効化する天上の神剣《ディバインセイバー》、神聖天衣《ディバインドレス》――現代にも伝わるこれら魔法は、この頃に開発されたと伝えられている。

「おいおい、少し意識が飛んでたんじゃないか？　困るな、お楽しみはまだこれからだってのに」

「き、貴様……！」

そして現代においてもこれらの魔法は、リドワンを敗北へと誘う事となる。四肢を切断され、首をケルヴィンに掴《つか》まれ宙吊《ちゅうづ》りにされるリドワンは、最早満身創痍《まんしんそうい》と言っても過言ではないところにまで追い詰められていた。

天上の神剣《ディバインセイバー》によって『不壊《ふえ》』を剝がされ、肉体における素の耐久値になってしまったリドワンは、生成した武器を次々と両断され、四肢をも失ってしまう。流動体であるが故に、切断されたとしても再び繋ぎ直す事はできる。が、ケルヴィンは切断したそばから、それらパーツをクロトの『保管』に収納していた。これにより、リドワンの体は徐々に、着実に削《そ》がれ始め、遂《つい》には今に至ってしまった、という訳だ。素の耐久値も伝説とされる武具を基準としているリドワンにとって、『不壊《ふえ》』がないとはいえ、こうも簡単に肉体を削がれたのは予想外の事だった。

肉体が切断された直後に、爆発反応装甲による爆撃は行った。自らの首が掴まれた際にも、爆風を直接ぶつけてやった。しかし、しかしだ、ゼロ距離からの攻撃を食らわせたのにも拘《かか》わらず、ケルヴィンは今もしぶとく生きていた。顔面の皮膚が吹き飛び、その下にあった筋繊維が焼け焦げ、部分的には骨が剝《む》き出《だ》しになる所もあった筈だ。だがそれでも、リドワンはケルヴィンを殺し切れなかった。どんなに致命傷となり得るダメージを与えても、その直後に魔法による再生を超高速でされてしまうのだ。凄まじいまでの回復量に対し、瞬間的なダメージがまるで足りていなかった。

(こいつ、戦闘を開始してから、一体どれほどの魔力を消費しているのだ……!?)

リドワンの疑問は当然だろう。如何に膨大なMPを持つケルヴィンとはいえ、常時これだけの回復を繰り返し、攻撃の手も常に全力となれば、その魔力消費量はケルヴィンのMP最大値を大きく逸脱したものとなる。10万、或《あ》るいはそれ以上の消費量になるかもしれない。

(これが、死神……!?)

解き放った爆風で、ケルヴィンの顔面左半分が再び吹き飛ぶ。剝き出しとなった骨の奥から、リドワンを捉える瞳がジッと彼を睨《にら》みつけていた。同時に、口角は禍々《まがまが》しいほどに吊り上がっている。その表情が死神のそれにしか見えず、リドワンの心は更に揺さぶられる。

「何が何だか分からないって顔だな？　まあ、アレだ。大食《あいのちから》いとでも言っておこうか」

「ふざ、けるな……！」

「ハハハッ！　しかし、不思議なもんだ。お前の表情は一切変わっていないのに、感情は丸分かりだよ。お前が俺に抱いている感情は恐怖か？　それとも、俺の事をもっと知りたいっていう知識欲か？　まあ、どっちにしても光栄だよ。十権能が俺に興味を持ってくれてるって事だからなぁっ！」

「ッ!?」

その瞬間、リドワンは理解した。下等生物と断じていた目の前の人間に、自身が恐怖している事に。

◇　◇　◇

聖杭《ステーク》の下へと駆けるルキルが見たものは、ケルヴィンに首を摑まれ、今にも力尽きてしまいそうなリドワンの姿であった。

（ケルヴィン、『不壊《ふえ》』の権能を持つリドワンを打ち倒しますか。メルフィーナ様の寵愛《ちょうあい》を受けるだけの事はある、と言ったところでしょうか。しかし、流石《さすが》に万全ではない様子。申し訳ありませんが、リドワンは回収させて頂きますよ）

ルキルはその場で大きく振りかぶり、運んでいた神鳥を聖杭《ステーク》へとぶん投げる。高速で聖杭《ステーク》へと迫る神鳥という名のボール、このままでは正面から激突してしまうコースだ。しかし、聖杭《ステーク》はその寸前になって形状を変化させ、内部へと繋がる扉を作り出す。その際にゴォウンゴォウンという大きな開閉音を鳴らした為、ケルヴィンの視線と意識も一瞬だけそちらへと移っていた。

（リドワンの元々の目的は神鳥の討伐でした。しかし、聖杭《ステーク》にはとある目的を達成する為の、このような機能も備わっているのです。その為に用意されていた聖杭《ステーク》の運搬機能、精々有効活用させてもらいますよ、十権能《じっけんのう》の皆様方）

ルキルが聖杭《ステーク》に期待したのは、神鳥の運搬収納、そしてケルヴィンの注意を逸《そ》らす事だった。如何に戦闘中のケルヴィンと言えども、頭上にあった用途不明の巨大な杭《くい》が、どこからともなく現れた巨大で妙に強そうな鳥を飲み込もうとしていれば、嫌でもそちらに関心を寄せてしまうというもの。そこで生じた隙は極短いものだが、隠密《おんみつ》状態にあるルキルにとっては、これ以上ない好機であった。

「おっ？」

目にも留まらぬ速度で接近したルキルは、この一瞬でボロボロな状態にあるリドワンを回収。但し、殆《ほと》ど反射的に振るわれたケルヴィンの杖《つえ》が掠《かす》り、隠密効果をもたらしていた魔法の効果が解かれてしまう。

（これは……天上の神剣《ディバインセイバー》、ですか。なるほど、これでリドワンを破ったのですね）

こうしてルキルはケルヴィンの目の前にて姿を晒《さら》す事となる。彼女は片腕で吊り下げる形で破損したリドワンを持ち、周囲に黒い火の粉を散らしていた。

「ああ、誰かと思えば……アンタ、メルと戦うのかと思っていたら、いつの間にかどこかに消えていたっけな。メルも急いで追っていたみたいだけど、うーん……その様子じゃ、まだ戦っていないのか？」

「……おかしな事を言いますね、ケルヴィン・セルシウス。私がここにいるという事は、つまりメルフィーナが倒されたのだと、普通はそう考えるものではありませんか？」

「いいや、思わないね。確かにアンタは俺の唾液腺が馬鹿になるくらいに魅力的だ。けど、メルのそれを超えるかと問われれば、正直それはない。万が一にも不意打ちとかを成功させたとしても、メルはそんな綺麗《きれい》な体でお前を帰すほど甘くはねぇよ。つまり、お前はあのでかい鳥を担いで、メルから逃げて来た可能性が高い。今も俺に不意打ちをかまして来たのが、その良い証拠だな。絶対に勝つっていう自信が感じられない。いいとこ俺とどっこいの実力、もしくはそれ以下ってところか？」

「……」

ケルヴィンからそう問われるが、ルキルは口を閉じ、押し黙ってしまう。どうやらケルヴィンの推測は当たりであるらしい。

（この一瞬のやり取りで、そこまで見抜いてしまいますか。私の知る情報以上の戦闘狂ですね、この人間は）

眼前のバトルジャンキーの並外れた分析力、そして尋常でない戦闘への渇望に感嘆を通り越し、呆《あき》れの感情を抱くルキル。同時に、今ここで殺《や》り合うべきではないと、そう確信する。

「恥ずかしながら、貴方《あなた》の言う通りですよ、ケルヴィン・セルシウス。ですが、私の目的はこれで達成です。今回は大人しく退《ひ》かせて頂きます」

ルキルが聖杭《ステーク》の下へと飛び立つ。帰還準備が既に終わっているのか、聖杭《ステーク》からは先ほど以上の轟音《ごうおん》が鳴り響いていた。

「へえ、目的ねぇ。そのやけに神々しい鳥と、死にかけのリドワンを回収するのがお前の目的か？」

「……そうですが、何か？」

「いや、それならお前の目的、半分しか達成していないと――そう思ってさ！」

「ッ!?」

ケルヴィンが叫ぶと同時に、ルキルの手からリドワンを掴んでいた感触と重さがなくなる。視線を移すと、先ほどまで確かにそこにあった、強奪した筈《はず》のリドワンの姿が見当たらなくなっていた。霧となって消えたかの如《ごと》く、一瞬で消失してしまったのだ。

（偽物を掴まされた？　いえ、私やメルフィーナ様のように、幻影を作り出す術《すべ》をケルヴィンは持っていなかった筈。仮にできたとしても、その魔法分野に長《た》けたこの私が、幻影を見間違える筈がない。確かに私は、本物のリドワンを――ッ！　これは、もしや……！）

思わず舌打ちをしてしまいそうになるルキル。何とかそれを我慢し、代わりに彼女はケルヴィンを睨みつける事にしたようだ。

「貴方、もしやリドワンと『召喚術』の契約を？」

「ハハッ、察しが良いな。まさか、ひと目でそこまで見破るとは思っていなかったよ。恐ろしい奴《やつ》だ」

「……どの口がその言葉を吐きますか。十権能と召喚契約を結ぶなど、不敬にもほどがありますよ？」

「そうか？　俺は初《しょ》っ端《ぱな》から神様と契約している身なもんでね。不敬と言われても、正直よく分からないんだ。それに契約の条件を満たしちゃったんだから、外野から文句を言われる筋合いはないぜ？」

召喚術による契約とは、一般的に召喚士よりもレベルの低いモンスターを対象とし、HPをある程度まで減らす事で成功率を高める。しかし、言語を理解するほどに知能の高いモンスターが相手であれば、条件はその限りではない。召喚士が契約するに値する、或いは主《あるじ》に相応《ふさわ》しい相手だと、納得させる必要があるのだ。このように奴隷の契約とは異なり、強制的に主従関係を結ぶ事はできない――のだが、これにも実は例外が存在する。恐怖を抱かせ心を折り、屈服させる事。S級にまで至った召喚士のみ、この裏条件で契約を結ぶ事が可能なのだ。正直なところ、ケルヴィンはこの条件を知らなかったりするのだが、今回はたまたまリドワンの心が折れ、契約条件を満たしてしまったのである。

「タイミング的には危ないところだったよ。お前があと数秒でも早く来ていたら、契約は間に合わなかったかもしれない。まあ、その辺は幸運の女神が俺に微笑《ほほえ》んだって事で」

「何を仰《おつしや》っているのですか？　勝手に女神様を独占しないで頂けますか？　ぶち殺しますよ？」

「え？　あ、うん、何かごめん……？」

殺気のボルテージが一気に突き抜けたルキルの豹変《ひようへん》っぷりに、ケルヴィン、僅かに動揺。取《と》り敢《あ》えず、彼女の何らかの地雷を踏み抜いた事だけは理解する。

「っと、メルも戻って来たみたいだな」

「ッ……！」

ルキルがやって来た方向より、強い気配が迫って来る。言うまでもなく、それはメルのものであった。

「どうする？　リドワンは俺の魔力体になっちまったけど、取り返す為《ため》にこのまま二回戦、始めちゃうか？　万全とは言えない状態だけど、それでも俺は歓迎するぞ？」

「……いえ、遠慮しておきます。リドワンについては、今のところは預けておくという事で。それでは、また」

黒炎と共に姿を消すルキル。恐らくは聖杭《ステーク》へと移動したのだろうが、ケルヴィンはそれを追わなかった。流石のケルヴィンも、死闘を通して疲弊していたのだろうか？　聖杭《ステーク》が上空へと消えて行くのを、黙って見送っている。

（……ふほっ！　あいつ、狂気と向上心の塊じゃん！　将来的に、もっともっと強くなりそうじゃん!?　うーん、夢が広がるなぁ）

違った。バトルジャンキーがそんな保身で敵を帰す筈がなかった。ケルヴィンは利己的に、今は青いが遠くない未来に完熟になるんじゃないかと、そんな希望を抱いていた。

◇　◇　◇

堕天使の移動手段であるらしい巨大杭を見送った俺は、その直後にメルとの合流を果たす。

「あなた様、わざとルキルを見逃しましたね？　わざとですよね？　絶対そうですよね？」

「ご、ごめんなさい……」

とまあ、当然のお叱りを受けてしまう訳だが、こればかりは仕方がない。空中でのアクロバティック土下座を決め、何とか許してもらった。その後にリドワンを配下に迎えた事を伝えると、更に難解な表情を向けられてしまう。いや、こっちは朗報だろうと。喜ぶところだろうと。

「主が器用な土下座をしてる。非常にレアな光景」

「浮気でもしたのでしょうか？　これはメイド長にもお伝えしなくては」

「こらこら！」

ちょっとしたボケを拾ったところで気を取り直し、バトルの流れ弾処理に徹してもらっていたムド達《たち》とも合流。レイガンド首都の障壁は殆ど無傷のまま健在だし、取り敢えず防衛は成功したと言って良いだろう。ルキルこそは取り逃し――いえ、はい、俺が見逃してしまった訳ですが、十権能の一人と契約もできた事ですし、ここは健闘を称《たた》え合っても良い場面じゃないですかね？　あ、駄目？　ええ、すみません。メルさん、そろそろ機嫌を直して頂きたいんですが……うん、俺のポケットマネーでレイガンドの名物、好きなだけ食って良いから。

「さあ、レイガンド王に報告致しましょう！　さっさと報告して諸々《もろもろ》を済ませましょう！」

「本当にお前さぁ」

ともあれ、こうして現金なメルはすっかり機嫌を直してくれたのであった。

「あっ、そう言えば……」

「ん？　どうした？」

「ルキルを追うのに夢中で、パウルを氷漬けのまま放置していたんでした。うっかりさんです、てへぺろっ」

「「「……」」」

クロメルの真似《まね》をしても、駄目なものは駄目。俺はそうツッコミを入れられる男である。かくして、うっかりなメルさんは俺のポケットマネーによる名物食べ放題権を剥奪されるのであった。

「うっかり、そう、本当にうっかりなんです！　急いで救助して来ますから！　ついでに道すがら発見したレイガンドの王子も、しっかりと回収して来ますからッ！」

いつにも増して必死なメルは、それから複雑な経路を辿《たど》って氷漬けのパウルを発見&救出、察知スキルは持っていない筈なのに、どうやったのか雪山で遭難（？）していたレイガンドの第一王子とその護衛達を見つけ出してくれた。マジでスピード解決である。そのやる気、是非とも平時にも出して頂きたい。

「ぜぇ、ぜぇ……！　天使、必死になれば案外できるものですね……！」

「いや、本当によくあんな迷路みたいな道を踏破できたな、お前……王子達も速攻で発見したし……」

両手を地につけながら、肩で息をするメル。そんなメルの後ろには、状況をいまいち理解していないのか、ポカンとした様子のパウル達がつっ立っていた。うん、まあ意味が分からないよな、この状況は。メルは説明できるような状態にないし、パウル達には俺から状況の説明をしておく。

とまあ、汚名を返上する為に頑張ったメルは、無事に食べ放題権を再ゲットするのであった。欲望は人を、いや、この場合は天使か。天使を強くする。

「漸《ようや》く状況を理解できたぜ、マスター・ケルヴィン。しっかし、あの堕天使を追い返して、その仲間を倒しちまうなんてな。流石《さすが》はマスター達っつうか、強さが異次元だぜ。けど、俺の能力も役に立っただろ？」

「ん？　パウルの能力？　何の話だ？」

「あれ、マスターには言ってなかったっけ？　俺の固有スキル『位置特定』を使って、メルの姐《ねえ》さんがエドガー達を捜し出したんだよ」

話を聞くに、いつの間にやらパウルは固有スキルを会得していたらしい。この『位置特定』はパウルに触れた事のある対象が、今現在どこにいるのかを正確に把握する事ができるんだそうだ。所謂《いわゆる》人物を対象とした探索系の特化型スキルである。地図があれば、対象が今現在どこにいるのかを指し示す事も可能であるらしい。

「まっ、座標を設定できるストックは三人分までしかないんだけどな！」

「その貴重なストックの一つを、兄ちゃんは分かれる直前、僕に使ってくれていたんだ。そちらの天使の女性が僕達を一瞬で捜し出してくれたのには、そういった仕掛けがあったんだよ」

「へえ、そうだったのか。道理でメルが一瞬で発見できた訳だ――って、ええと、貴方が捜索願いの出ていたレイガンドの王子、ですよね？　捜索の為に聞いていた特徴と、大分話が違うような……？」

改めてレイガンドの第一王子、エドガー・ラウザーを確認する。温和そうな雰囲気に、柔らかな物腰、言葉遣い――随分と、いや、真逆と言って良いほどに特徴が逆転してしまっている。王子と知らずに会ったとしたら、全く気付けないであろうレベルだ。

「ハハッ、こっちが本当のエドガーなんだよ、マスター。学園での姿は、エドガーが王子として演技していたもんだ。まあ、マスター達の前でその姿を晒《さら》すとは、俺も思っていなかったけどよ」

「僕達の命の恩人を相手に、演技でしている失礼な態度を取る訳にはいかないでしょ？　それにケルヴィンさんは、兄ちゃんが日頃からお世話になっている方なんだよね？　それなら、本当の自分を出しても大丈夫かなって。改めまして、助けて頂きありがとうございます、ケルヴィンさん。この御恩は一生忘れません」

「あ、ええと、俺達も当然の事をしたまでで……うーん、何だか調子が狂っちゃうな」

エドガー王子と握手を交わす。予想した展開とちょっと違ったが、まあこちらの方が都合は良い。これがエドガー王子の本性なら、学園に戻ってから新たな面倒事を起こす事もなさそうだ。特にリオン周りとか、クロメル周りの面倒事をな。流石に一国の王子様を潰すのは、色々と問題が――あ、もうトライセンの馬鹿王子で経験済みか。まあ何はともあれ、平和が一番である！

「その様子だと、父や学園から伝えられた人柄と、今の僕は大分違って見えるようですね」

「ええ、まあ。特にご学友、ベルの言っていた人柄とは、大分どころではないレベルでかけ離れていますね」

「へえ、ベルさんが？　ちなみに彼女、何て言っていたんです？」

「ベルが言うには、ええと……エドガーは恥を知らないナンパゴミクソ虫野郎で、色んな女生徒に唾をつけようとする不潔かつ不道徳な馬鹿なんだとか。一般学生に毛の生えた程度の実力しかない癖に、何をもって自信満々に生きているのかが理解不能、フラれた回数なら歴代一位を余裕で狙える逆逸材、常に悪目立ちをしているから直《す》ぐに見つかるんじゃない？　ぶっちゃけ、シャルルと同レベルに不快って、そんな風に言っていたかな。ああ、あとは――」

「がふっ……」

「――ストップ！　申し訳ないのですが、その辺で勘弁してください！　それ以上はエドガー様の身が持ちません！　あと、あまりに不敬ですので！」

「精神攻撃でエドガー様が血を吐いてるッス。器用ッス。ぷふふッス」

「ペロナ、笑ってる場合じゃないから！　早く回復して差し上げてッ！」

「シャ、シャルル君と同レベル、同レベル……」

「エドガー様、お気を確かに！　レベル的にはエドガー様の方が数段上です！　確実に上です！」

「一番傷付くところがそこなんスね、エドガー様」

気が付くと、王子が血を吐きながらぶっ倒れていた。何だろう、この三人からは芸人の魂的な何かを感じてしまう。

「へへっ、エドガーも随分と明るくなったもんだぜ。兄として感慨深いっつうか、何つうか」

「パウル、それはツッコミ待ちか？　お前もなのか？」

「へ？　何がだよ、マスター？」

「あなた様～、そんな事よりも、早くレイガンドの首都に入りましょうよ～。名物名産看板メニュ～」

◇　◇　◇

頑張ったメルの要望に応えるべく、俺達はその足でレイガンドの首都を訪れる事に。首都の上空ではっちゃけたバトルをしてしまったのもあって、厳戒態勢の中でどう穏便に入ったものかと少し悩みもしたが、その辺は現第一王子のエドガーと旧第一王子のパウルが、上手《うま》い事調整してくれた。というか、ルミエストの対抗戦からレイガンド王が既に帰還していたらしく、とんとん拍子で王との謁見に臨む事となった。うーん、スピーディーな展開だ。まあ不必要な面倒事が起こらないのは、大変に喜ばしい。なんと言っても、この後に俺のポケットマネーが破滅する未来は既に確定しているからな。ハッハッハッハ、ハァ……

「ルミエスト以来ですね、レイガンド王。急な謁見に応じて頂き、ありがとうございます」

レイガンド城の謁見の間にて、仲間達と共に床に片膝をついて頭を下げる。もちろん挨拶をしている相手は、王座に就くレイガンド王である。

「うむ、まずは頭を上げるが良い。ケルヴィン殿、我が息子のエドガーを見つけ出してくれた事に、そしてこのレイガンドを堕天使の魔の手から救ってくれた事に、感謝を申し上げる」

上空でのドンパチだけでなく、リドワンと戦う俺の姿も既に確認済みであったようだ。話が早くて助かる。スピーディー&スピーディー。

「しかし、パウルまで一緒なのは本当に謎であるがな。馬鹿むす、ゴホン！　そこの馬鹿っぽい冒険者よ、王の前で何をつっ立っておる？　S級冒険者のケルヴィン殿でさえ、こうして礼儀を尽くしてくれているのだぞ？」

「ふん、嫌だね。冒険者ってのは自由なもんなんだ。俺は礼儀が必要な相手にしか、頭を下げる気はねぇんだよ。特に馬鹿おや、ゲホン！　アンタみたいな頑固な王には、死んでも頭を下げたくないね！」

「ふん、頑固なのは貴様であろう！　冒険者と言えども、最低限の礼儀は弁《わきま》えるものだ。まったく、貴様はどこまでも愚かだな！　その愚かさが直らんのだから、万年A級冒険者止まりなのだ！　S級になると息巻いて国を飛び出したのは、一体どこの誰であったかな!?　やはり、未《いま》だに見た目通りの実力なのかなぁ!?」

「はいぃぃぃ!?　何で俺がA級冒険者だってご存じなのかなぁぁぁ!?　愚か愚か言っておいて、実は俺に興味津々なのかなぁぁぁ!?　ストーカーかなぁぁぁ!?　マスター・ケルヴィンは懐が深いから、そんなアンタにも頭を下げるけどよぉ、他のS級冒険者は絶ッッッ対に頭を下げないぜ！　ストーカーなアンタには、絶対になッ！」

「はいぃぃぃ!?　何を言うかッ！　少なくともゴルディアーナ殿やブルジョワーナ殿であれば、余に対して礼儀を尽くしてくれるわッ！　つうか貴様、懐だか何だか知らんが、そういう立派なS級冒険者になるのが目標なんだろうがボケッ！　今から器の小さな言動ばかり取りおって！　やっぱ馬鹿じゃないか、この馬鹿冒険者！」

「あぁぁん!?」

「おおぉん!?」

「「はあぁぁぁぁ!?」」

「「「……」」」

俺達《たち》は今、一体何を見せられているんだろうか？　唐突に繰り広げられる親子間の口喧《くちげん》嘩《か》、最初こそ威厳ある様子で話していたレイガンド王の口調は崩れ、敵対するパウルも猛烈な勢いでヒートアップし続けている。が、肝心の口論内容は実にお粗末なもので、第三者でしかない俺達にはマジでどうでも良い話ばかりだ。この二人、単に不器用なだけなのでは……？

「バーカバーカ！」

「ボーケボーケ！」

うん、最早《もはや》内容すらなくなっている。これ、誰か止めないと終わらなくない？　レイガンド王の右サイドにいる大臣っぽい人、左サイドの騎士団長っぽい人、早く仕事をしてくれ。おい、何で明後日《あさって》の方向に顔を逸《そ》らしているんだ？　お願いだから仕事して……！

『あなた様、空腹で私のお腹《なか》が盛大に鳴りそうです。あと、私を呼ぶレイガンドの名産達の声が聞こえるのです。二人を物理的に止めて、さっさと出発しても良いでしょうか？』

『また変な能力に目覚め始めたな、お前……物騒な止め方は許可できないっての。これだけ叫び合っていれば腹の音なんて聞こえないし、存分に鳴らしてしまえ。そっちは許可するから』

『あ、あなた様！　私だって乙女なんですよ！　ぷんすか！』

普通の乙女は食欲の為《ため》に、そんな無理を通さないと思うのだが。

『クッ！　静まれ、私のお腹！　エフィル不在のこんな場所で、食欲を解放する訳にはいかないのです！　空腹よ、静、め……！　ぐうっ……！　もう、駄目そう、です……！』

微妙に中二チックな台詞《せりふ》で空腹を訴えないでほしい。けど、マジでそろそろ限界っぽいか。やっぱり、俺が穏便に止めるしか——

「——父上に兄上、久方振りの会話が弾むのも結構だが、そろそろ落ち着いた方が良いのではないか？　ケルヴィン殿が驚いているぞ？」

っと、念話をやっている間に、エドガーが二人を止めてくれていた。エドさん、マジでナイス！

「む、確かにそうであるな……エドガー、止めてくれた事に礼を言う。そしてすまなかったな、ケルヴィン殿。もう知っていると思うが、そこの冒険者は王族の出自《しゆつじ》なのだ」

「ああ、それについては俺から話してあるよ。てか、俺もついムキになっちまった。マスター、迷惑をかけてすまねぇ」

「謝るならメルに言ってやってくれ。そろそろ空腹で限界そうだからさ」

「ガルルルルゥ！」

「わ、機嫌が悪い時のセラ姐《ねえ》さんみたいになってる……主《あるじ》、これはメル姐さん、本当に限界が近い。つまるところ、とっても危険」

ムドがそう警告するほどに、メルの本能（食）が解放される間際のところにまで至っている。このまま爆発したら、堕天使以上に厄介な事になってしまうぞ。具体的には、レイガンドの食糧が尽きる。

「ご主人様、いつの間にか、携帯していた食料が空になっています。恐らく、メル様が道中に……」

「メルさん!?」

「ガ、ガルルルゥ！」

今、微《かす》かに声に動揺の色が見えた。こんな状態でも盗み食いをした事に対しての罪悪感は働いているらしい。

「何だ、空腹なのか？　ふむ、あれだけ激しい戦いをし、エドガーを捜す為に大陸中を休む事なく駆け回ったとなれば、それも当然か……大臣、至急食事の用意をするのだ。レイガンドを救ってくれた英雄をもてなす為に、豪勢にな」

「ハッ、承知致しました」

「えっ、良いんですか、レイガンド王？」

「良いも何も、英雄が腹を空《す》かせているというのに、何もしない王などおるまい。このまま長話をするのも何であるし、食卓を囲みながらの方が話もしやすいであろう」

いや、俺が言いたいのは食費的な意味でなんだけど……でもまあ、ここで断る方が失礼に当たるよな！　レイガンド王の言葉に甘えさせてもらおう！

「はい、私は甘味多め、むしろそれだけの方が喜ばしい。デザートだけ運んで来て」

「あの、厨房《ちゅうぼう》を見学させて頂いてもよろしいでしょうか？　使用人として、とても興味がありまして。ええ、はい、できれば技を盗みたく……」

「ガルガル、ガルルルゥ！（おかわり自由無制限希望！）」

待て待て、それは甘え過ぎ。

『フッ、私の作戦が上手くいったようですね。これであなた様の懐事情を気にする事なく、思う存分に食を楽しむ事ができるというものです』

『急に冷静になるなよ、お前……』

そして、多分これは作戦でも何でもない。本能に従い空腹に負けて、その上でたまたま上手く事が運んだだけだろう。昔だったらいざ知らず、今のメルはそんな感じなのだ。

◇　◇　◇

「待ってください。パウル、それは一体どういう事ですか？」

「どうって、そのままの意味だが……」

メルが渇望したレッツ食事タイムもそこそこに、豪華な長テーブルを挟んだメルとパウルの間で、何やら不穏そうな会話が発生していた。何だ何だ、また問題でも起きたのか？

「あなた様、ちょっと聞いてくださいよ。パウルがとんでもない事を言っています」

「とんでもない事？」

「いや、だからあの堕天使に血を抜き取られた時によ、『位置特定』の座標を設定しておいてやったんだよ。あいつ、俺を完全に格下だと思っていやがったから、多分そんな事になってるとは思っていない筈《はず》だぜ？　へへっ、あの迫真のビビりも実は、俺流の演技っつうか？　まあ、格下ってのは事実だが、あいつの知らねぇところで、一泡吹かせてやったって感じだぜ！」

「……えっ？」

思わず間の抜けた声で聞き返してしまう俺。いや、だってそれってさ、あのルキルを相手に能力を発動させて、座標のセットに成功させたって事だよな？　要は今この時も、パウルはルキルの居場所を把握しているって訳で……それって凄《すご》い情報じゃない!?　マジでとんでもない事じゃない!?

「パウル、お前すご――」

「――待ちなさい。それならルキルを追跡する際、別に白銀獄《はくぎんごく》の面倒な経路を辿《たど》る必要はなかったのでは？　貴方《あなた》、ルキルに座標を設定して、位置を知っていた筈ですよね？　何でわざわざ、面倒な道を案内したのです？……したのです!?」

「うっ……！　だ、だってよ、あの時は化け物が離れて安心した直後にメルの姐さんに攫《さら》われて、俺も混乱してたっつうか、姐さんの圧に潰されないように必死だったっつうか……」

「さっき、迫真のビビりは演技とか言っていませんでした？　それはつまり演技ではなく、マジビビりだったのでは？……だったのでは!?」

今日のメルさん、何かパウルに対しての当たりが強い。確かに、パウルを救助しに白銀《はくぎん》獄《ごく》へ行った時に、その道のりは体験させてもらって、面倒臭ッ！　なんて思いもしたからなぁ。まあ、これは報告を怠ったパウルへの指導の一つなんだろう。前にも言ったが、メルの鍛錬方針は基本スパルタなのである。しかし、今回の件は間違いなくパウルの大手柄だ。ここは助け船を出そう。

「まあまあ、その辺にしておいてやれよ、メル。これでも食って落ち着けって」

レイガンド名物の鍋料理からゴロっとした肉を取り、メルの口に運んでやる。パクッ、もきゅもきゅ！っと、途端にメルの機嫌が良くなった。よっぽど気に入ったんだろうな。うむ、単純。

ちなみに現在、レイガンド王とエドガーは席を外している。何をしているのかというと、猛烈な勢いでメルの腹の中へと消えて行く料理を補充すべく、王と王子自らが調理場へと赴いているところなのだ！

……自分で言っておいてなんだが、この国のお偉いさんが何をやっているのかと、そうツッコみたい。メルの食べっぷりに一目惚《ひとめぼ》れしたとかで、自分の料理も食べてほしいと、レイガンド王はエドガーを連れて猛ダッシュで消えてしまった。パウル曰《いわ》く、レイガンド王は趣味が高じて城の調理場に頻繁に出入りするようになり、今では裏の料理長として厨房に君臨しているんだとか。エドガーもエドガーで元々料理が好きだったそうで、そんな父の下で長年腕を磨き、今では料理屋を出してもおかしくない腕前にまでなったとか。

「うまうまぁ～」

「あまあまぁ～」

エフィルの料理で舌が肥えている筈のメルとムドが、ここまで美味《うま》さを表情で体現するのは、ある意味で珍しい。美味さに悶絶《もんぜつ》するこの二人の顔を見て分かる通り、レイガンド王の料理の腕は相当なものだ。もしかしたら、エフィルの腕にも引けを取らないかもしれない。ただ、ちょっと気になる点もある。

「アクス、皿洗いのペースが落ちておるぞ！　調理場を狭くするなッ！」

「は、はい！　精一杯頑張ります！」

「頑張るだけじゃなく、実際にペースアップしろ！　護衛が甘えるでないッ！」

「サ、サー、イエッサー！」

「ペロナ、毒抜きはまだ終わらないのか!?　メル殿のおかわりに間に合わないぞ！」

「毒晴《ポイズンキュア》、毒晴《ポイズンキュア》、ゴクゴク、うっぷ……か、回復薬飲みながら、最善を尽くして解毒してるところッス……てか、何で毒のある材料が……」

「レイガンドは極寒の地！　食べられる食材は何でも利用する！　こんな事は常識であろう！　それに、毒あるものは美味であると、大昔から相場が決まっておるのだ！　分かったら、さっさと毒抜きをせぇ！　それでもレイガンドが誇る僧侶か!?」

「う、ウッス……毒晴《ポイズンキュア》、毒晴《ポイズンキュア》……」

「父上、下処理が終わった。これを頼む」

「よし、任せろぉ！　燃えろ、燃えるのだ！　フハハハハッ！」

——とまあ、思いの外に近い調理場（つうか真隣）から、調理風景が駄々洩《だだも》れな叫びが聞こえて来るのだ。端的に言って、すっげぇ騒がしいのだ。料理の材料に毒物を使ってるって、そんな大声で叫ばないでほしい。進化してから耳が人一倍良くなって、拾いたくない情報まで拾ってしまうんだよ、こっちは。

「レイガンド料理長、アイスケーキ仕上がりました！」

「おお、なかなかの出来だ！　ロザリア殿、レイガンド《うち》で共に働かないか!?」

「なっ!?　国王様が自らスカウトされているぞ！　あの使用人は一体何者なんだ!?」

「申し訳ありません。お断り致します」

「「「こ、断っただとぉ――――!?」」」

そしてロザリア、君は確か、厨房の見学に行ったんじゃなかったっけ？　壁の向こうで料理人と思《おぼ》しきギャラリー達《たち》が沸いている声が滅茶苦茶《めちゃくちゃ》聞こえて来るぞ。何で一緒に調理しているんだよ……

ま、まあそれはさて置き、今の会話を聞いて分かる通り、調理を始めてからというもの、レイガンド王は人が変わったかのように燃える男と化していた。畏怖の念を抱かれ、国民から『氷国なのに燃える料理王』と呼ばれているだけの事はある（パウル調べ）、のだろうか？

「レイガンド王、久し振りに会えた、比較的まともな王族だと思っていたのに、思っていたのに……！」

脳裏に浮かぶは東大陸四大国のトップ陣、女装好き、狂信者、人材コレクター、戦闘狂――プラスアルファで、北大陸の親馬鹿な義父《とう》さん。ああ、今更ながらに真っ当な王族がいねぇ……唯一まともに接してくれたのは、火の国ファーニスの王様くらいだろうか？　あの人は珍しく真っ当だったなぁ、奥さんはバッケなのに。

「まともな王？　ククッ、マスター・ケルヴィンも冗談きついぜ。あのクソ親父《おやじ》、あんな調子で俺にも料理を叩《たた》き込もうとしていたんだぜ？　こんな小さい頃からよ」

「ああ、パウルが国を飛び出した気持ちも、今なら分かる気がするよ。あのノリで教えられるのは、ちょっとな……興味があれば話は別だが、俺の場合は無理そうだ」

「そういうこった。ちなみにレイガンドが軍拡を始めてんのも、隣国の料理の材料が欲しいっつう、かなり狂った理由なんだぜ？」

「……マジか？　魔王が君臨していた時のトライセンよりクレイジーじゃないか。そこは隣国と売買でもして済ませよ」

「それがなぁ、この国って環境が馬鹿みてぇに過酷で、モンスターの強さも総じて上だろ？　だから国内外問わず、商人が行き来しようとしねぇんだよ。閉ざされた大地っての？　マスターレベルに強ければ問題ねぇんだろうが、商人でそこまでする奴《やつ》はいねぇ」

「それはそうかもだが……いや、だからって、そんな理由で？」

「そんな理由で、だよ。あのクソ親父、普段は比較的冷静なんだが、料理が絡むと周りが見えなくなるからな。余はこの味で万人を黙らせて来た！　が、口癖でよ」

「うわぁ……」

　ああ、俺がパウルの立場でも、十中八九レイガンドを出て行っただろうな、これ。何と言うか、エドガーが演技でやっていた求婚癖より酷《ひど》いような……エフィルの料理愛を超えた、料理狂とでも呼ぶべきだろうか？　うーん、変人の考える事はマジで分からん。

◇　◇　◇

「ふい～、思いの外満足致しました。なかなかやりますね、レイガンドの王も。他にはないアミューズメント的な要素も取り入れていましたし、今後の発展に期待できそうです」

「ア、アミューズ？　そんな要素あったっけ？」

熱狂的な食事会（？）を終え、案内されたレイガンド城の客室にてまったりする俺とメル。膨大な量の料理を食べたメルは、さほど膨れていないお腹《なか》をさすりながら、満足そうにそう呟《つぶや》いていた。

「それはそれとして、あなた様」

「ん？」

「『召喚術』で新たに使役した例の堕天使、どんな様子なのです？　配下ネットワークにも声を出す様子がありませんし、やけに静かで正直不気味ですよ？」

「ああ、一応気に掛けていてくれたのか」

「それはもう、私は今や娘を持つ立派な奥さんですからね。夫を気に掛けるのは当然でしょう、ええ」

そう言いつつも、未《いま》だにお腹をさすっているメルさん。俺は苦笑しながら、今回の戦いで配下にしたリドワンを召喚してみせた。部屋の中央に魔法陣が生成され、更にそこから金属製の球体が現れる。

「あら？　ええと……あなた様、これは？」

「新たに仲間になったリドワン……の、筈なんだけど、魔力体になってから、ずっとこの状態なんだよ」

　部屋の床から数センチほど離れるようにして、宙にふよふよと浮かぶ金属球体。最早《もはや》これをリドワンと呼んで良いのかも分からない状態だが、間違いなくこいつはリドワンであったものなんだ。……だよな、だった筈だよな？　うーん、俺も不安になって来た。

「俺が話し掛けても返事はなし、コンコンと軽く叩いてみても反応なし。半ば脅しっぽい契約をしちゃったから、拗《す》ねてるのかね？」

「十権能《じっけんのう》であった者が、そのような子供っぽい真似《まね》をするとは思えませんよ。私じゃないんですから」

「また反応に困るコメントを……つうか、ここまで無反応だと意識がない感じだよな。ショックで気絶してるって言うのかな？　おーい、早く起きないと、勝手に改造しちゃうぞー？　魔改造ゴーレムになっちまうぞー？」

　冗談半分な脅しをかけてみても、やはり反応はない。どうしよう、本格的に困って来たぞ。

「ひょっとしたら、戦闘の影響を受けて故障してしまったのかもしれませんね。ほら、何か精密機械みたいな敵でしたし」

「そうかぁ？　直接手合わせした俺としては、クロトみたいな印象だったんだが……」

「いやいや、絶対そうですって。なら、やる事はただひとつ！　斜め45度で叩くのです！角度が大事ですよ、角度が！」

「メルさん、リドワンを何だと思ってます？」

自信あり気に、球体に向かって鋭いチョップを繰り出すメル。しかし、どうやらこの状態でも『不壊《ふえ》』の権能は働いているらしい。メルは直後に手を痛めてダウンしてしまい、ゴロゴロと床を転がり回る始末であった。

「まったく、古い家電じゃないんだから」

そんなメルに呆《あき》れながら、球体の表面に手を添える。最悪このままの場合、クロトに食べさせて、リドワンを構成していた特殊金属を複製してもらうという手もあるが……仲間にしたからには、あまりそんな事はしたくないんだよな。そもそも絶対防御状態にあるリドワンを、クロトが吸収できるかも怪しいところだ。

「仲間にした時の新しい技とかも、折角色々と考えていたのになぁ」

例えばさ、どんな武器にでも瞬時に姿を変えられるリドワンの戦闘スタイルを真似て、こんな感じで。

「リドワン、剣になれ！」

――ジャキン！

「な～んちゃってさ。……ん？　ジャキン？」

何やら変な音が聞こえて来たような。それに、さっきまでと触り心地が全然違う。球体の表面に触れているというより、何かを握らされているような感覚だ。

「ええっ……」

確認すると、そこにはメタルカラーかつスタイリッシュな造形の剣が、俺の手に握られていた。おかしいな、こんな剣を鍛えた覚えはないのだが。ついでに言うと、クロトの『保管』から取り出した覚えもない。

「なるほど、そういう事ですか！」

「おわっと!?　メ、メル、復活していたのか？　いや、それよりも、そういう事って？」

「見ての通りですよ。リドワンという名の十権能は、ゴーレムでありながら自らの意思を持つ、特殊な個体だったのだと思われます。そんな彼があなた様に心を折られ、配下として使役されるに至りました。それでその過程で、まあ、何と申しますか……古びた家電が故障したが如《ごと》く、自ら判断する機能を失ってしまったとか、そんな流れじゃないかなぁ～と。うん、多分それですよ！　私、自信ありありです！」

こいつ、遂《つい》にリドワンを家電と言い切りやがった！　しかも確信した風だった割に、結構適当な推理だった！

「むっ、まだ私を疑っていますね、あなた様！」

「いや、だってさぁ……」

「だってもヘチマもありませんよ。ヘチマだって食べられるんです！　その証拠に、リドワンはあなた様の命令を受ける事で、初めて行動を起こしたじゃないですか。リドワンの意思は消失しましたが、契約を結んだ以上、主《あるじ》の命令は受け付ける状態にはあるのです。ほら、試しにもう一度、リドワンに命令してみてください」

「お、おう」

果たしてヘチマのくだりは何だったのだろうか？　そんな些細《ささい》な疑問を抱きつつ、今度はリドワンに念話で指示を送ってみる。

『リドワン、盾になれ』

その直後、リドワンは剣の形態から瞬時に変形。俺の全身を隠せるほどに、大きな大きな盾へと姿を変えるのであった。次いで、それ見た事かと得意気なメルの表情が視界に映る。

「……あながち、メルの推理も間違ってなかったり？」

「だからそう言ってるじゃないですか。しかし、こうなっては最早彼は、十権能でもリドワンでもありませんね……あ、そうです。あなた様、クロトやアレックスの時のように、彼に新たな名前を与えては如何《いかが》でしょうか？　敵だった者の名前をいつまでも呼ぶのもアレですし、そうした方が馴染《なじ》みやすいです」

「え、それってアリなのか？」

「大アリです。何と言っても、これは歴《れっき》とした召喚士の権利ですからね！」

結構召喚士をやってるつもりだったけど、それが権利だったのだと今初めて知ったのだが。まあ、良いけどさ。

「えーっと……元がリドワン・マハドだろ？　マハド、マハド──あっ、凄《すご》く守りが固いから、ハードって名前はどうだ？」

「少々安直過ぎませんか？　もっとあなた様のポエムセンスと独創性が光る、個性豊かな名前を期待していましたのに」

「頼むから、そんな期待を勝手にしないでくれ……何かこれ以上長引くと怖そうだし、ハードに決定！　決定ったら決定！　よろしくな、ハード！」

勢いのまま盾となったハードを翳《かざ》し、改めて仲間入りを祝福する。今までとは毛色の違う仲間、いや、武器？　だけど……まあ、兎《と》も角《かく》今はアレだよ。

「……でかくて重くて掲げ辛《づら》いから、やっぱり適度な大きさの杖《つえ》になってくんない？」

「雰囲気ぶち壊しですね、あなた様」

こうして俺達《たち》は、ハードを正式に仲間へと迎え入れるのであった。

「そういえば、ハードはどの程度まで変形が可能なのでしょうか？　権能の力がどこまで残っているのかも気になりますね」

「それを言ったら、俺のイメージがどの程度まで反映されるのかも確認しておきたいな。この際だから、徹底的に検証しておこうか。ハード、今夜は寝かせてやらないぞ？」

「あなた様、それは私に言う台詞《せりふ》！　私に言うべき台詞ですから！」

有言実行、ハードの機能を洗い出す為《ため》、俺達は夜が明けるまで調査を続けるのであった。

◇　◇　◇

氷国レイガンドに突如として出現した巨大な杭《くい》、そこより攻め込んで来た十権能リドワンを相手に、ケルヴィンは見事レイガンドを防衛してみせ、非公式ではあるが、リドワンを配下にまでしてしまった。十権能と別勢力となったルキルこそ取り逃がしたものの、防衛戦としてこの戦果は凄《すさ》まじく、S級冒険者ケルヴィンの新たな功績と称《たた》えられるに値する、大活躍だったといえるだろう。

しかし、実のところこの同日、レイガンドとは別の場所にも十権能を乗せた巨大な杭、聖杭《ステーク》は現れていた。一つは東大陸の大国である、神皇国デラミスに。もう一つは西大陸の秘境に存在する、ゴルディアの聖地に――そう、リドワンが先代転生神であるメルフィーナを狙って来たように、地上の最強戦力であると判断された者達にも、十権能は刺客を送っていたのだ。狙われたのは『守護者』、先代勇者の称号を持つセルジュ・フロア。そして未だ仮ではあるが、現転生神として世界に慈愛を振り撒《ま》くS級冒険者、ゴルディアーナ・プリティアーナである。

「ふんふんふーん♪」

デラミスが所有する領土、その中でも特に僻地《へきち》とされる人里離れた場所にて、一人の少女が鼻歌を歌っていた。少女の名はセルジュ・フロア、聖杭《ステーク》に追われる古《いにしえ》の勇者、十権能が狙う地上最強の実力者の一人である。自身の戦闘着である白衣を纏《まと》った彼女は、愛剣であるウィルを携え、この何もない場所で十権能を待っていた。まるで愛《いと》しい恋人とのデートの待ち合わせをしているかのような、ご機嫌もご機嫌な様子で。

「遅いな～、まだかな～？　ちょっと本気で走り過ぎたかも？」

自身の方へと向かって来る聖杭《ステーク》の姿を眺めながら、セルジュはその辺にあった切り株に腰掛ける。今の私はこの切り株の守護者！　という、何とも言えない冗談を交える余裕振りだ。

「にしても、唐突にデラミスの真上にやって来るんだから～。真下の街が危なくて、下手に撃墜もできないじゃないか。まあでも、私を追ってここまで付いて来たのは、素直でちょっと可愛《かわい》いかな？　プリちゃんからの情報によれば、十権能の中には超絶可愛い女の子もいたっていうし、きっと私の下にやって来るのはその子達だよね！　だって私、超幸運だし！　勇者だし！」

　それは何のフラグ立てなのか、実にわざとらしい物言いをするセルジュ。フラグも立て過ぎれば因果が逆に働くと、そう考えての行動かもしれない。しかし、そんな安易な考えをする者に対し、現実は大抵良くない結果をもたらすものだ。

「君が偽神に作られた勇者、セルジュ・フロアだね？　初めまして、僕の名はバルドッグ・ゲティア。ご想像の通り、十権能《じっけんのう》の一人さ」

　頭上の聖杭《ステーク》から舞い降りたのは、白翼の地《イスラヘブン》にてゴルディアーナを猛追した十権能であった。演出なのか指で眼鏡を軽く上げ、知性的な雰囲気を作り出している。その趣味に合う者が見れば、知的な青年であると恋をする事もあるだろう。美しい目鼻立ちであると、大抵の者が思うほどの優れた容姿でもあった。……しかし、しかしだ。念の為、もう一度言っておこう。彼は知的な、男であったのだ……！

「チェンジで」

「は？」

　セルジュの言葉に迷いはなかった。ついでに遠慮も配慮もなかった。お帰りはあちらですと不愛想に促す様子は、あからさまに不機嫌な時のそれとなっている。

「ハァ、私の幸運、マジで分かってないなぁ、マジでない……」

「何の話かな？」

「ああ、クソ、帰らないのか……で、何で私の方に君が来るのさ。君ってさ、プリちゃんを取り逃がした例の眼鏡だよね？　ならリベンジする為に、プリちゃんの方に行くべきでしょ？　代わりに軍服の可愛い子ちゃんを、私の方へ寄越《よこ》すべきでしょ！」

「……」

一瞬、時が止まった。

「……やれやれ。君の話を聞いた時は耳を疑ったものだけど、どうやら情報に間違いはなかったようだ。確かに偽神には借りがある。けど、僕以上にあの偽神に興味を持つ十権能がいてね。あまりに固執するものだから、今回は彼に譲ってあげたんだよ。あと、君が関心を寄せているグロリアは、今回の討伐に興味を示さなかった。理由なんてその程度のものさ。これで満足かい？」

「そ、そんな……グロリアたん……！」

「……なるほど」

セルジュについて事前に調べていたのか、バルドッグは彼女の言動に納得し、だが残念そうに首を横に振った。

「あの偽神といい、君のような者が警戒対象になるなんてね。ケルヴィムの言う通り、エルドの思考にエラーが発生しているとしか思えないな」

「もう、また興味のない野郎の名前を出すー。せめてそこはさ、私の興味を惹《ひ》くような名前を出すべきじゃない？　可愛い女の子とか、美人な女性とかのさー。元から興味なかったけど、口説き方も絶望的ってどうなのさ？　もっとこう、私に対する気遣いの心をさー。……つまらないから、もう帰っても良い？　私、これでも暇じゃないんだよね。ほら、孤児院の将来有望な女の子達を愛《め》でないといけないし？　あっ、でも安心して。ちゃんと節度を弁《わきま》えて接しているから。じゃないと怒られるからねー」

「……本当に救い難いな。君は状況を理解しているのか？　それとも、自分の力を過信しているが故の、その態度なのか？」

「うーん？　状況は理解しているし、自分の力がどの程度のものなのか、ハッキリ分かった上での態度かな？　お前、私より弱そうだし」

セルジュが腰掛けていた切り株から立ち上がり、不敵な笑みと共に煽《あお》り言葉《ことば》を投げつける。罵倒を受け取ったバルドッグが次に示した行動は——その喧嘩《けんか》、買ってやろうじゃないかという意志表明、殺意の発露であった。

「あははっ。おいおい、こんな安い挑発に乗るなよ、堕天使様？　どれだけ器が狭くて浅いんだい？　度量のなさが窺《うかが》えるなぁ」

漸《よう》や く少しは面白くなったとばかりに、セルジュが聖剣ウィルを鞘《さや》から抜く。既に二人の周囲一帯は猛烈なプレッシャーで覆い尽くされており、そこに存在する物体全てが悲鳴を上げ始めていた。先ほどまでセルジュが椅子代わりに使っていた切り株も、バキリと大きな亀裂が走り、形状を維持できない状態に陥っている。

「……聞き間違いかな？　この僕に、かつて『鍛冶の神』、『創造の神』と謳《うた》われたこの僕に、何だって？　管理される側の一生命が、よくそんな事を吼《ほ》えられたものだよ」

「鍛冶？　創造？　何それ、『創造者』のパチモンみたいなの？　まあ、見た目は『統率者』にちょっと似てるかもだし、足して割れば今みたいな感じになるのかな？　うん、じゃあやっぱりパチモンだね。あと、耳掃除くらいはした方が良いと思いまーす。この距離で聞き間違えるのは普通にやばいでーす」

――ビキビキビキ。

その瞬間、派手な音と共に切り株が完全に両断される。最早《もはや》、この亀裂を修復するのは不可能だろう。

「フッ、これだから教養のない奴《やつ》は嫌いなんだよ。無知は罪、そして君のそれは、最早償える段階にない。僕自ら断罪させてもらいますよ。元より、そのように指示されていたんだ」

「えー、今度は『断罪者』の真似《まね》のつもり？　流石《さすが》にそれは無理があるんじゃないかな？　彼女はお前ほど愚かじゃないし、とっても可愛いんだぞ？　もう御託は良いから、さっさとやろう。一刻も早く、秘密の花園に帰りたいんだよ、私は」

「――権能、顕現ッ！」

「あははっ！　ウィル、ちょっとだけ遊んであげようか！」

セルジュとバルドッグの戦いの合図は、開幕からの全解放であった。

あとがき

『黒の召喚士18　歪《いびつ》なる愛』をご購入くださり、誠にありがとうございます。アニメ版を絶賛堪能中の迷井《まよい》豆腐《どうふ》です。ジェラ爺《じい》とビクトールの剣戟《けんげき》、しゅき……。WEB小説版から引き続き本書を手にとって頂いた読者の皆様は、いつもご購読ありがとうございます。

いやあ、ジメジメしています。めっちゃジメジメしてる。まあ梅雨なんで当然なのですが、こうもジメジメしてると気分もジメってきます。こんな季節は無理せず除湿して、スッキリした室内でアニメ版『黒の召喚士』を見ましょう。それがこのジメっとした時期に、ハイになれる一番の方法です！　そこのまだの方、是非お試しあれ！……とまあ、全く同じネタをコミカライズ版のあとがきでもした豆腐です。ええ、同日発売の14巻のです。何が言いたいのかって言うと、あとがきのネタがねぇんだ、これが！　アニメが始まっても、人はなかなか変わらないものです。うん、深い話だ。

最後に、本書『黒の召喚士』を製作するにあたって、イラストレーターの黒銀様とダイエクスト様、アニメーション制作に関わる皆様、そして校正者様、忘れてはならない読者の皆様に感謝の意を申し上げます。それでは、次巻でもお会いできることを祈りつつ、引き続き『黒の召喚士』をよろしくお願い致します。

迷井豆腐

黒の召喚士 18
歪なる愛

発　　行　2022 年 9 月 25 日　初版第一刷発行

著　　者　迷井豆腐
発 行 者　永田勝治
発 行 所　株式会社オーバーラップ
　　　　　〒141-0031　東京都品川区西五反田 8-1-5
校正・DTP　株式会社鴎来堂
印刷・製本　大日本印刷株式会社

©2022 Doufu Mayoi
Printed in Japan　ISBN 978-4-8240-0294-5 C0193

※本書の内容を無断で複製・複写・放送・データ配信などをすることは、固くお断り致します。
※乱丁本・落丁本はお取り替え致します。下記カスタマーサポートセンターまでご連絡ください。
※定価はカバーに表示してあります。
オーバーラップ　カスタマーサポート
電話：03-6219-0850 ／ 受付時間 10:00 〜 18:00（土日祝日をのぞく）

作品のご感想、ファンレターをお待ちしています

あて先：〒141-0031　東京都品川区西五反田 8-1-5 五反田光和ビル 4 階　オーバーラップ文庫編集部
「迷井豆腐」先生係／「ダイエクスト、黒銀（DIGS）」先生係

PC、スマホからWEBアンケートに答えてゲット！

★この書籍で使用しているイラストの『無料壁紙』
★さらに図書カード（1000円分）を毎月10名に抽選でプレゼント！

▶https://over-lap.co.jp/824002945
二次元バーコードまたはURLより本書へのアンケートにご協力ください。
オーバーラップ文庫公式HPのトップページからもアクセスいただけます。
※スマートフォンと PC からのアクセスにのみ対応しております。
※サイトへのアクセスや登録時に発生する通信費等はご負担ください。
※中学生以下の方は保護者の方の了承を得てから回答してください。

第10回 オーバーラップ文庫大賞
原稿募集中!
イラスト：冬ゆき
【賞金】
大賞…300万円
(3巻刊行確約+コミカライズ確約)
金賞……100万円
(3巻刊行確約)
銀賞……30万円
(2巻刊行確約)
佳作……10万円
キミが物語の王様
【締め切り】
第1ターン 2022年6月末日
第2ターン 2022年12月末日
各ターンの締め切り後4ヶ月以内に佳作を発表。通期で佳作に選出された作品の中から、「大賞」、「金賞」、「銀賞」を選出します。
投稿はオンラインで! 結果も評価シートもサイトをチェック!
https://over-lap.co.jp/bunko/award/
〈オーバーラップ文庫大賞オンライン〉
※最新情報および応募詳細については上記サイトをご覧ください。
※紙での応募受付は行っておりません。